책과 나무가 사라진 도시 2

ROOTLESS

책과 나무가 사라진 도시 2

1판 1쇄 | 2016년 05월 16일

지은이 | 크리스 하워드
옮긴이 | 김선희

펴낸이 | 모계영
펴낸곳 | 가치창조
편   집 | 박지연

등   록 | 제406-2012-000041호
주   소 | 서울시 마포구 모래내로 7길 12, 202
전   화 | 070-7733-3227   팩   스 | 02-303-2375
이메일 | shwimbook@hanmail.net

ISBN 978-89-6301-135-6 43840
     978-89-6301-071-7(세트)

가치창조 공식 블로그 http://blog.naver.com/gachi2012
단비청소년은 가치창조 출판그룹의 청소년 책 전문 브랜드입니다.

책과 나무가
사라진 도시 2

크리스 하워드 지음 | 김선희 옮김

단비청소년

42장

의식을 되찾았을 때, 나는 깨어나지 않기를 바랐다. 나는 알파를 잃었다. 크로우를 잃었다. 살과 히나를 잃었다.

그들 자리에 낯선 이들이 차지하고 있었다.

우리는 길 위에 있었다. 나는 금방 알아차렸다. 나는 줄곧 길에서 살아왔다. 길 위에서 지내는 게 아주 익숙했다. 나는 흔들림을 느꼈다. 발가벗겨진 느낌. 고개를 들어 보려 했지만 눈동자만 움직일 뿐이었다. 나는 약에 취해 어딘가에 묶여 있었다. 다시 길 위로 돌아와 있었다. 그동안 한 번도 보지 못한 가장 밝은 하늘을 바라보았다.

내 오른쪽의 낯선 이들을, 내 왼쪽의 낯선 이들을 눈여겨보았다. 눈이 감겨 있었다. 얼굴을 보고 그들이 잠들어 있다는 걸 알 수 있었다. 그밖에는 아무것도 보이지 않았다.

옥수수는 더 이상 없었다. 세상이 바뀌었다.

이제 새로운 냄새가 났다. 익숙한 냄새.

플라스틱. 강철과 연료.

아, 그래, 연료. 길의 냄새. 굴러가는 자동차의 활력소.

첫 번째 건물이 내 머리 위로 지나갔을 때, 그게 그림자에 불과하다고 생각했다. 어쩌면 내가 눈을 깜박인 건지도 모른다고 생각했다.

하지만 건물들이 연신 하늘에 나타났다 휙 지나갔다. 더 많은 건물들, 마침내 하늘은 사라지고 건물이 그 자리를 대신했다.

검은색과 회색과 은색의 끊임없는 그림자. 그렇게 많은 창문은 본 적이 없었다. 유리처럼 빛나는 눈동자 같았다. 건물은 아주 높고, 마치 풍경처럼 휘었다. 건물이 모두 아치를 그리며, 강철 조각과 플라스틱 슬리브, 태양을 향해 뾰족 솟아 있었다.

건물이 달을 가리키고 있었다. 하지만 그때 달도 건물에 가려 있었다. 그 엄청나게 커다란 달이 지는 모습도 가리고 있었다.

바이오 통 냄새가 났다. 저장 옥수수가 증류되어 연료로 바뀌면서 나는 느끼한 악취. 그 연료는 분명 예전의 강처럼 넓은 파이프를 통해 흐르고 있을 거다. 마치 혈관처럼 거리에 터널을 파고 나아가고 있을 거다.

도시에 불빛이 들어오자 약 기운이 훨씬 더 강해지는 느낌이었다. 처음에는 창문들이 빛을 냈다. 하지만 그건 아무것도 아니었다. 그저 무언가 타는 것 같은 오렌지 빛. 나를 사로잡은 건 광고판에서 뿜어내는 불빛이었다. 형형색색의 불빛, 셀 수 없이 많왔다. 결코 꺼지지 않았다. 광고판 불빛이 빙빙 돌고, 나도 빙빙 돌았다. 마치 별에 익사당하는 것처럼, 빛에 궤도를 그리며 내가 돌고 있었다. 그것 때문에 침을 삼키기 힘들었다. 그래서 나는 혓바닥과 뺨을 깨물었다. 간판이 내게 번뜩였다. 뭐라고? 누가 상관한다고? 난 아니다. 어쨌든, 나는 그 빌어먹을 글을 읽을 수 없었다.

마지막 간판에 이를 때까지는….

이 세상의 모든 부, 그리고 이것은 그들이 돈으로 할 수 있는 것이었다. 높은 건물과 불빛. 두 배나 환하게 빛나고, 밤새도록 켜 있는 불빛. 넘쳐 나는 연료. 먹을 수 있는 옥수수가 어떻게 남아 있을까 의아할 정도였다. 하지만 잠들지 않는 이 도시에서 사람들이 풍족하게 먹고 있다는 걸 난 확신할 수 있었다.

베가는 잠들지 않는다. 나쁜 놈들은 쉬지 않는다.

하지만 나는 지금 당장 잠들 수 있을지도 몰랐다. 건물이 사라지고, 불빛은 꺼졌다. 우리는 땅 아래로 빨려 들어가고 있는 중이었다. 깊이, 더 깊이. 그래, 그냥 잠이나 자자. 그게 내가 원하는 것이었다. 내가 발견한 그 마지막 간판만 아니었다면…. 그것이 나를 괴롭혔다. 내가 읽을 수 있는 유일하게 분명한 그 단어가 너무도 싫었으니까. 마치 그것이 유일하게 중요한 단어인 것처럼 보였다.

젠텍.

그곳에 있다는 게 어떤 기분이었는지 말하고 싶지 않다. 그곳은 태양이 비치지 않고, 바람 한 점 없는 곳이었다.

놈들은 불을 흐리게 켜 두었다. 그게 우리한테는 유일하게 좋은 일이었다. 나름대로 시스템을 갖추고 있는 것 같았다. 그게 무엇인지 전혀 알지 못했지만 말이다.

당연히 놈들은 시스템을 갖추고 있었다. 이곳은 젠텍이다. 젠텍은 자신들이 무엇을 하고 있는지 잘 알고 있었다. 자신들이 무엇을 원하는지 잘 알고 있었다.

구역질 나는 악당들. 놈들은 자주색 옷을 입고 손에 곤봉을 높이 치켜들고 행진했다. 놈들에게 곤봉이 왜 필요한지 모르겠다. 포로 대부분은 여전히 의식이 없는 상태였고, 나와 같은 사람들도 약에 취해 도저히 맞서 싸울 수가 없었으니까. 우리는 시체나 다름없었다. 사람이 아니었다. 요원들이 우리 팔다리와 얼굴을 들고, 하나씩 하나씩 시커멓고 더러운 검은 구덩이 한가운데에 있는 검열 지대로 끌고 가는 동안, 우리는 오줌 싸고 토하고 신음하는 시체에 불과했다.

여기가 바로 모든 것이 굴러떨어지는 나락이라고 생각했다. 의식을 잃고 잡혀 온 사람들을 위한 종착지. 흙먼지에서 잡혀 와 노예로 팔리는 사람들. 아버지와 라스타 노인과 알파의 엄마와 지금의 나와 같은 사람들….

이것이 젠텍이었다. 결국, 이것은 언제나 젠텍이었다. 자주색 주먹이 우리의 딱딱하게 굳은 폐에서 마지막 헐떡임을 뭉개 버리고 있었다.

하지만 무엇을 위해서?

겉으로 보면, 나는 손가락을 간신히 움직일 수 있었다. 내 마음은 제대로 움직이지 않았지만, 모두 고리로 이어졌다. 짐승 고기 거래에 대한 그 빌어먹을 이야기가 다시 한 번 떠올랐다. 베가의 부자 녀석들은 이것저것 섞어 먹기를 좋아한다고 했다. 하지만 원하는 게 고기였다면, 왜 이 요원들이 우리 피를 뽑아 테스트하고 있는 걸까? 이들은 지금 그 짓을 하고 있었다. 붉은 피를 자그마한 플라스틱 관에 넣고 있었다.

나는 이내 알아차렸다. 일단 요원들이 테스트를 마치고 나면, 잡혀 온 사람들에게는 두 가지 선택이 기다리고 있었다.

첫 번째 선택은 요원들이 피를 뽑아 테스트를 하고 나서 없애 버리는 거다. 그냥 사라진다. 어디로 끌려가는지는 모른다. 하지만 나머지 선택보다 낫다. 훨씬 낫다.

두 번째 선택은 요원들이 피를 뽑아 테스트를 하고 나서 뚫어지게 쳐다보는 것이기 때문이다. 그러고는 불태운다. 검열 지대 한 가운데에, 용광로가 놓여 있다. 불꽃이 이글거리는 구멍 말이다.

그것이 두 번째 선택이었다. 그러니 첫 번째 선택이 얼마나 매력적인가? 특히 불에 탄 그 불쌍한 사람들의 잔해 속에서 하루를 숨 쉬며 보내고 나면 더더욱 그럴 것이다.

아니, 하루보다 훨씬 길게 느껴질 수 있다. 그저 한 시간 밖에 안 지났는데, 1분이 마치 20분처럼 느껴질 수도 있을 것이다. 우리가 먹은 약은 모든 것을 조용히 받아들이게 해 주었다. 대체로 말이다.

이따금 누군가의 입에서 나지막한 신음 소리가 빠져나왔다. 마치 잠에서 깨려는 것처럼.

하지만 나는 벌써 깨어 있었다. 내 의식은 그렇다는 말이다. 자기 차례를 기다려야 하는 그 불쌍한 사람들을 지켜보면서, 나는 도대체 무슨 일이 벌어지고 있는지 알아내려 했다.

한쪽 팔을 검사해 양성반응을 보인 여자를 요원들이 끌고 갔다. 다음은 금발의 아이였는데 음성반응이 나왔다. 나는 두 눈을 질끈 감았다.

이렇게 계속 이어졌다. 한 명씩 한 명씩. 자주색 복장의 요원들은 군중들 사이를 걸어 다니며 숫자를 세고, 사람들을 끌어당겨 방 한가운데 있는 불구덩이에 집어 던졌다.

이렇게 계속 이어졌다. 오싹하게 만드는 장면들은 점점 더 심해져 갔다. 내 마음이 만들어 냈거나 약이 제공한 어떤 벽은 이내 조각조각 났다. 면도날처럼 뼈를 파고들었다. 너무 아파서, 얼른 내 차례가 와서 테스트를 받았으면 했다. 그러면 더 이상 이런 끔찍한 장면을 볼 필요가 없을 테니까. 아이가 엄마 품에서 끌려가거나, 아내가 남편에게서 떨어지는 장면을 보았다. 모두가 모르는 얼굴들이었다. 모두가 낯선 이방이었다.

하지만 문득, 뭔가 달랐다. 저쪽 구석에서, 요원들이 내가 알고 있는 사람을 일으켜 세웠기 때문이다.

크로우였다. 크로우의 상반신은 화상을 입은 상태였다. 게다가 하반신은 붙어 있지도 않았다. 사라졌다. 살포기의 주둥이 안에서 잃어버렸다. 요원들은 크로우의 상반신을 검열 지대로 끌고 갔다. 요원들이 바늘로 크로우의 팔을 찌르고 피를 뽑는 동안, 내장 깊숙한 곳에서 크로우를 향해 소리치고 싶어 했다.

이봐, 애송이.

난 그렇게 소리치고 싶었다.

아파, 그렇지?

분명 약 때문이리라.

크로우는 테스트를 통과했다. 요원들은 크로우를 끌고 어디론가 나가 버렸다. 놈들이 어떻게 크로우를 옥수수 밭에서 피가 멎게 했는지 궁금했다. 이제 크로우를 어디로 데리고 가는 걸까? 하지만 오랫동안 거기 앉아 생각할 수 없었다. 요원들이 살을 끌고 왔기 때문이다. 나는 요원들의 얼굴을 보고, 그 불쌍한 녀석이 테스트를 통과하지 못했다는 걸 알 수 있었다.

불꽃을 향해 내동댕이쳐지는 살의 모습에 내 마음은 갈기갈기 찢어졌다. 나는 다시 움직일 수 있었다. 하지만 내가 비틀비틀 일어나 자주색 복장의 요원들을 향해 휘청휘청 나아갈 때, 누군가 나 대신 내 근육을 움직여 주는 것 같았다. 비명을 질러 대는 것이 내 입이 아닌 것 같았다. 산 채로 불구덩이에 내던져지는 것이 내 친구가 아닌 것 같았다.

그렇다면 살이 뭐였지? 내 친구?

솔직히 모르겠다. 하지만 그렇다. 나는 살이 내 친구였다고 생각하고 싶다. 살의 눈이 잠시 동안 나를 알아봤다. 그건, 분명 살에게 상처를 주는 말이었을 거다. 하지만 내가 소리쳤던 것은 "숫자, 숫자. 숫자를 말해!"뿐이었다.

어쩌면 그것이 우리가 서로에게 했던 전부였을지도 모른다. 뚱보 녀석과 나뿐만 아니라, 크로우와 알파와 지이. 우리들 모두. 우리들 모두가 원한 건 나무를 찾는 것이었다.

뭔가 믿을 수 있는 것. 우리를 집으로 돌려보낼 수 있는 것. 우리를 자유롭게 해 줄지도 모르는 것. 아니면 그저 뭔가 팔기 위한 것.

요원들이 내게 달려들었다. 살이 보이지 않았다. 하지만 내게 비축되었던 힘이, 그 모든 힘이 이제 표면으로 달려 나오고 있었다. 나는 처음 보는 자주색 복장의 요원을 밀치고 발로 찼다. 그 요원은 나를 통제하려고 했다. 내게 고통을 가하려고 했다. 내 뚱보 어린 친구를 바로 내 눈앞에서 죽이려 하고 있었다.

나는 침을 뱉었다. 미친 듯 울부짖었다. 잠시, 나는 살에게 다가갔다. 어쨌든 살은 내 옆에 있었다. 우리는 불꽃에서 피어나는 연기를 마셨다. 우리 주위에 장갑 낀 손들이 있었다.

살은 나를 바라봤다. 마치 눈이 창문이고, 그 녀석이 그 안 어딘가에 묶여 있기라도 한 것 같았다. 숨어 있기에 지쳐 보였다.

"숫자!"

내가 살에게 외쳤다. 어쨌든 외치려고 했다. 그게 무슨 소용이지? 이제 모든 것을 잃었다.

하지만 살이 나를 깜짝 놀라게 했다. 녀석의 목소리가 툭 튀어나왔으니까.

"숫자는 없었어."

살이 말했다. 요원들이 녀석을 들어 올려, 불꽃으로 집어 던졌다.

"내가 만들어 낸 거야. 그래야 네가 날 데려갈 테니까."

내게서 영원히 사라져 가며 녀석이 말했다. 그러고 나서 녀석은 엄청나게 큰 비명을 지르며 갔다. 녀석이 비명을 지르는 걸 지금껏 들어 본 적이 없었다.

내게 다가오는 손이 느껴졌다. 나는 이제 때가 되었다고 생각했다. 이제 나도 불에 타리라고 생각했다. 프로스트는 분명 해냈을 거라는 생각만 들었다. 프로스트는 좌표가 있었다. 자신의 GPS. 그리고 어딘가에, 프로스트는 저 밖 어딘가에 있을 거다. 그리고 아버지도 저 밖에 있었다. 나무와 살인자들에게 둘러싸

여서.

"기다려. 그 인간도 테스트해야 해."

요원 하나가 소리쳤다.

요원들은 나를 일으켜 세웠다.

나는 꼼짝하지 않았다. 바늘이 들어오거나 피가 빠져나가는 것조차 느낄 수 없었다. 하지만 나는 그 검붉은 색을 지켜봤다. 피가 내 몸에서 빠져나갔기 때문인지, 아니면 나의 힘 자랑 때문인지, 이유가 무엇이었든, 나는 갑작스레 텅 빈 느낌을 받았다. 요원들이 내 피부에서 바늘을 뽑았을 때, 나는 위축되었다. 내 안의 모든 빛이 검게 변했다.

43장

나한테 어떤 약을 먹였는지 모르지만, 희한하게도 깨어 있으면 꿈을 꾸는 것 같았지만, 의식을 잃으면 아무런 꿈도 꾸지 않는 것 같았다. 공백 상태. 가장 어두운 밤. 세상의 움직임 또는 내면에 숨겨 둔 그 어떤 것에도 아무런 간섭을 받지 않았다.

배 안에서, 놈들은 가끔 우리가 어슬렁거리게 해 주었다. 어찌 된 영문인지, 그곳에 거의 다 왔다는 걸 난 알 수 있었다.

놈들은 우리에게 음식을 주었다. 지금껏 맛본 옥수수 중에서 가장 맛있었다. 물도 주었다. 그러고 나서 옷을 벗기고는 머리를 박박 밀었다. 나는 기다렸다. 기운을 되찾아 가고 있었다. 나는 네온 불빛을 피해 눈을 가렸다. 곧, 우리에게 허락된 커다란 화물 짐칸을 가로질러 비틀비틀 걸어갔다. 나는 출입구를 향했다. 갑판으로 올라가는 길을 찾았다.

몇 시인지 알지 못했다. 이른 아침인 듯했다. 나는 혼자 섰다. 내 어깨에 걸친 비닐 옷 아래로 뼈가 앙상했다. 너무 추웠다. 새롭고 낡은 느낌을 동시에 받았다. 춥다 못해 아프기까지 했다. 나는 사람들이 있는 화물 짐칸으로 되돌아가려 했다. 하지만 한파가 나를 감쌀 때, 뭔가 익숙한 느낌이었다. 손이 떨리고 발가락이 시퍼렇게 변했다.

나는 갑판 한가운데로 이어진 길을 발견했다. 물을 바라보며 배 주위를 둘러봤다. 화물선 꼭대기에 조종실이 있고, 그 위에는 포탑이 있었다. 모든 것이 검은색과 은색이었다. 자주색은 없었다. 젠텍 로고도 없었다. 이것은 분명 내가 상상했던 가장 커다란 배는 아니었다. 하지만 그렇게 큰 배일 필요는 없었다. 물은 잔잔했다. 그리고 바다는 내가 볼 수 있는 한, 사방으로 끝없이 뻗어 있었다.

나는 옷을 꼭 끌어당겼다. 입에서는 입김이 나왔는데, 입김은 구름과 같은 색이었다. 공기가 너무 차가워서, 그냥 숨 쉬는 것만으로도 힘이 들었다. 하지만 덕분에 난 다시 집중할 수 있었다. 비록 몸이 갈기갈기 찢기는 느낌을 받았지만 말이다.

나는 화물선의 강철 벽을 바라봤다. 생존자들이 이제 옹기종기 모여 있는 곳. 불구덩이를 용케 피한 사람들. 화장에서 탈출한 사람들. 하지만 여전히 붙잡혀 있다.

나는 살을 떠올렸다. 불꽃에 던져졌을 때 너무나도 겁먹은, 엄청나게 큰 비명. 나는 감정조차 빼앗겼다. 나는 살에게 나쁜 놈이었다. 처음부터 줄곧. 그러니까 내 말은, 내가 무슨 짓을 한 거지? 세상이 자신을 다루는 것처럼, 그렇게 살아간 것 말고는 살에게 무슨 잘못이 있단 말인가? 프로스트 같은 아버지 밑에서, 살에게 무슨 기회가 있었겠는가? 나는 히나가 녀석을 꼭 안고 있는 모습을 떠올렸다. 녀석에서 뭔가 감정을 주고 있었다. 나는 그것이야말로 누군가를 위해 해야 할 아주 좋은 일이라고 생각했다. 아무런 대가도 바라지 않고 주는 것. 하지만 히나 또한 죽었다. 나는 히나를 떠올리며 몸서리쳤다. 내게 자신의 비밀을 말하려 했지만, 이내 잡혀가 메뚜기 떼에 잡아먹혔다. 누가 남았지? 나. 크로우는?

나는 화물 짐칸을 바라봤다.

알파는 어떻게 되었을까?

나는 '공장' 안에서 알파를 보지 못했다. 이곳을 뭐라고 부르든 간에, 어쨌든 이 안에서는 보지 못했다. 옥수수 밭 이후에는 보지 못했다. 자동차 뒷자리, 그곳에서 알파는 내 팔에 안겨 누워 있었다. 밀매꾼의 총탄에 맞아 죽어 갔다. 나 또한 밀매꾼들을 향해 총을 쐈다. 어쩌면 오직 내가 살자고 그 사람들을 죽였을지도 모른다. 나무를 찾는 대신, 생각 없이 내달렸다.

그리고 그거 아는가? 잠시 동안, 나는 그 빌어먹을 나무 따위는 신경 쓰지도 않았다. 내가 원하는 건 내 해적 연인이 돌아오는 것뿐이었다. 손은 텅 비고, 가슴은 가득 찬 채 올드 올리언스를 맨발로 달렸을 때처럼 나는 알파를 원했다. 내 모든 것이 아무엇도 얻을 수 없다는 걸 알았을 때, 간절히 원하는 것처럼….

나는 알파를 찾으러 가는 게 두려웠다. 알파가 죽었다는 사실을 확인하는 게 너무 두려웠다. 알파는 분명 공장으로 살아 돌아오지 못했을 것이다. 어찌어찌하여 살아 돌아왔더라도, 불쌍한 살처럼 그 허기진 불꽃 속으로 내동댕이쳐졌을 가능성이 크다. 이 누추한 거룻배에서 머리를 박박 밀린 채 옹기종기 모여 앉아 있는 사람들 사이에서 알파를 찾지 못한다면, 난 견딜 수 없을 거다. 내 곁에 살아 숨 쉬고 있어야 함에도 불구하고, 알파가 재가 되고 연기가 되었다면, 내가 무엇을 할 수 있단 말인가?

하지만 결국, 나는 휘청거리며 일어나 알파를 찾으러 갔다. 설령 아무런 희망이 없을 때라도, 어쨌거나 여전히 위안을 얻을 곳은 있을 테니까.

나는 갑판을 가로지르기 시작했다. 하지만 이내 비틀거리며 넘어지고 말았다. 얼굴이 바닥에 닿았다. 나는 바닥을 기었다. 차가운 물웅덩이 사이로 몸을 질질 끌었다. 물맛을 보고는, 기어 다니다 말고 그저 배 밖을 멍하니 바라보았다.

물. 민물. 주변의 모든 수평선까지 모두. 이 물은 그저 단순히 민물이 아니었다. 신선했다. 강물처럼 마실 수 있는 물, 큰 파도처럼 짜지 않은 물.

우리는 호수에 있었다. 차갑고 깊고 넓은 호수.

공기 중의 차가운 바람이 북쪽에 있음을 알려 주었다. 북쪽 어단가에. 황무지 위 어디쯤임에 틀림없었다. 이른 시각에 이렇게 차가운 것. 젠텍이 분명 단층의 증기와 재 사이에서 통로를 발견한 게 틀림없었다. 만약 이게 호수라면, 저기 어딘가에 해안선이 있을 것이다. 사람들이 우리에게 이야기했던 곳. 무슨 이유 때문인지 몰라도, 우리는 살아 있다.

나는 강철 문 안으로 얼른 들어갔다. 온기와 퀴퀴한 공기가 나를 맞았다. 피부와 뼈마디가 생기를 되찾은 느낌이었다. 몸을 녹이는 동안, 나는 문에 기대어 마음을 가라앉혔다. 그러고 나서 화물 짐칸 주위를 둘러봤다.

벽을 따라 요원들이 배치되어 있었다. 요원들의 밝은 자주색 복장은 하얀 페인트와 창백한 네온 빛과 대조적이었다. 요원들은 무장을 하고 있었다. 의심의 여지가 없었다. 벨트에는 권총, 손에는 뾰족한 곤봉. 하지만 분명히 말하는데, 요원들은 걱정할 필요가 없었다. 이곳에 갇혀 있는 사람들은 분명 몸을 조금 움직이기는 했지만, 여전히 살아 있는 시체에 불과했으니까.

공허한 눈. 비명을 지르지도 못할 정도로 지친 입술. 우리는 쇠약한 탑승객이었다. 침묵. 나는 킹 하비스트와 시체로 가득한 수송선의 선체를 떠올렸다. 그래서 그렇게 많은 사람들이 필요했던 모양이었다. 그 빌어먹을 테스트. 우리 중 일부를 호수 건너로 데려가고, 나머지 사람들을 불태운다.

하지만 우리가 무슨 테스트를 통과한 거지? 우리가 노동을 할 수 있는 것처럼 보이지는 않았다. 아니면, 식용일까? 우리의 몸 상태로 봐서는 그것도 아니다.

나는 주위를 두리번거리며 알파를 찾았다. 크로우를 찾았다. 박박 민 머리와 비닐 옷을 뒤져가며 내가 아는 얼굴을 찾았다. 나는 바닥에 대자로 뻗어 몸을 뒤틀고 있는 사람들 사이를 방황했다. 어줍게 움직이는 손과 플라스틱으로 반쯤 덮인 고기 조각 사이를 지나쳤다. 목소리가 높아 갔다. 사람들이 서로 속삭이고, 끙끙 신음 소리를 내고, 옆에 있는 사람을 붙잡았다.

나는 계속 걸었다. 정확히 말하면 비틀거리며 걸었다. 그러면서 벽을 따라 서 있는 요원들을 계속 주시했다. 크로우의 녹아 버린 피부 또는 의족을 바라봤다. 그리고 내 마음속에, 알파는 내가 보고 있는 그 어느 것과도 딱 들어맞지 않았다. 마치 서로 만날 수 없는 두 세계처럼….

수많은 손이 내 발목 주위를 차갑게 붙잡았다. 나를 잡아당기고, 꽉 껴안고, 그러고는 축 늘어졌다. 나는 아래를 내려 봤다. 내가 바로 알파 곁을 지나고 있다는 사실에 대해, 내 안의 그 어떤 부분도 놀라지 않았다.

나는 올드 올리언스의 벽 위에서 알파를 발견했을 때를 떠올렸다. 팔을 머리 위로 올리고, 조끼는 온통 피 범벅이 된 채 서 있던 알파. 나는 그 이미지를 마음속에 간직하고 있었다. 정말로 꼭 간직하고 있어서 분명하게 기억하고 있었다. 잊을 수 없었다.

이번에는, 알파가 다리를 벌린 채 꼿꼿이 서서 내 위에 우뚝 서 있지 않았다. 이번에는 알파가 박살 나 있었다. 자신의 이름이 새겨진 분홍색 조끼가 엉터리 같은 젠텍 비닐 옷으로 바뀌어 있었다. 놈들은 알파의 모호크 머리스타일을 밀어 버렸다. 그래서 얼굴이 완전히 달라 보였다. 훨씬 더 어려 보였다. 그리고 더 늙어 보였다.

나는 알파 옆에 쪼그려 앉았다. 손을 알파의 머리에 얹었다. 내 다리가 알파의 다리에 닿았다. 모든 것이 벗겨지고 회색으로 칠해졌다. 하지만 그런 건 아무 상관없었다. 이 순간에는 그랬다. 그때는 그랬다. 나는 알파의 머리 위에 솟아나는 그루터기에 손을 가져다 댔다. 알파는 나를 보더니 눈을 깜빡거렸다. 마치 알파의 눈이 알파의 입을 미소 짓게 만든 것 같았다.

"나 여기 있어. 바로 여기. 아무 데도 안 갈게. 약속해."

내가 나지막이 속삭였다.

알파는 내 손을 자기 뺨으로 잡아당기더니, 자기 입술을 내 손가락에 댔다. 우리는 잠시 그대로 앉아 있었다. 계속 숨을 쉰다는 것으로 위안을 삼았다. 이윽고 나는 알파에게 우리가 지금 배를 타고 지나고 있는 저 밖의 호수에 대해 말하고 싶었다. 알파도 내가 본 것을 보았는지 알고 싶었다. 우리가 도시로 끌려왔을 때 알파가 깨어 있었는지, 높다란 건물과 화려한 불빛을 보았는지 알고 싶었다. 알파가 공장에서의 불꽃을 보았는지, 사람들이 끌려가고 몸이 화염 속으로 던져지는 모습을 보았는지 알고 싶었다.

하지만 이야기할 자신이 없었다. 그리고 나는 묻고 싶은 게 또 있었다. 어쨌든 훨씬 더 긴급하게 보이는 질문.

"네 상처는? 총에 맞았잖아. 바로 여기 말이야."

나는 내 배를 가리키며 물었다.

"꿰맸어."

알파가 말했다. 알파는 자신의 배로 손을 가져가 비닐 옷을 여몄다.

"보여 줘."

알파는 고개를 가로저었다.

"어서. 보여 줘."

내가 재차 요구했다.

알파는 팔을 옆으로 거두었다. 나는 비닐 옷을 잡아당겼다. 거기, 상처가 있던 자리에, 피부 한 덩어리가 사라지고 없었다. 그리고 피부였던 그곳에, 이제는 나무껍질이 있었다. 내가 피를 막으려 그곳에 밀어 넣었던 오래된 나무 조각이 아니었다. 새것이었다. 새로 자라나 알파의 몸에 붙어 있었다. 나무껍질에는 분홍색과 초록색 옹이가 있었다. 나는 그것을 두드려 봤다. 분명 나무 소리였다.

알파는 비닐 옷을 다시 잡아당겨 몸을 가렸다. 그러고는 나에게서 눈길을 돌렸다. 부끄러운 듯이.

"아니. 아름다워."

내가 말했다. 거짓말이 아니었다. 내가 전에 봤던 그 모든 아름다움은 나무껍질을 지닌 알파에 비하면 그저 한낱 꿈에 불과했다. 나는 알파에게 키스하려 했지만 알파는 고개를 돌려 버렸다.

"저들이 우리를 어디로 데리고 가는 거야?"

알파가 중얼거렸다. 눈물이 얼굴을 타고 흘러내렸다.

"나도 몰라."

내가 말했다. 하지만 사실, 나는 알 것 같다는 생각이 들었다. 그곳은 라스타 노인이 잡혀간 장소와 같은 곳이다. 라스타 노인이 아버지를 봤던 바로 그 장소였다.

아버지가 나무를 봤던 바로 그곳이었다.

44장

우리는 크로우를 찾아서 갑판 밖으로 데리고 갔다. 그래서 크로우도 물을 볼 수 있었다. 나는 어떻게 저들이 크로우를 다시 이어 붙였는지 묻지 않았다. 왜냐하면 나는 벌써 충분히 알고 있었으니까.

하지만 왜? 난 그 이유가 알고 싶었다. 무엇 때문에 우리를 살려 두는 걸까? 무슨 중요한 이유 때문에 우리가 이렇게 붙잡혀 있는 걸까?

"당신은 저들을 위해 일했어요, 젠텍을 위해 일했잖아요. 놈들이 도대체 무슨 짓을 하고 있다고 생각해요?"

나는 난간 옆에 꼭 붙어 서서 물보라를 바라봤다. 추위에 와들와들 떨면서 크로우를 다그쳤다.

크로우는 고개를 움직였다. 그러더니 먼 곳을 바라봤다. 마치 어느 곳에 다른 곳이 보여 주지 못하는 무언가가 있기라도 한 것처럼….

"저들을 위해 일했었지."

크로우의 새로운 몸에 달린 입에서 들은 첫 번째 말이었다.

"나는 경비였어. 하층계급 사람들이 너무 많은 걸 묻기 시작했어. 난 사람들 입을 다물게 하는 일을 했지."

"너무 많은 질문이라고요? 뭐에 대해서요?"

"지금 일어나고 있는 일에 대해."

나는 그저 크로우를 바라보기만 했다. 공백.

"이것. 이 모든 것."

크로우는 턱짓을 했다.

"이게 뭔데요?"

"잡혀 온 사람들에게 일어나는 일들. 프로젝트 시온. 젠텍은 그렇게 불렀지."

"그게 도대체 뭔데요?"

"나도 몰라. 어쨌든 나는 답을 찾는 게 아니라, 질문을 차단해야 했어. 어쨌거나 나는 젠텍이 나무를 찾으려 혈안이 되었다는 말을 들었지. 숲과 방향을 알려 줄 수 있는 여자에 대한 전설을 들었어. 그래서 파헤치기 시작했어. 그랬더니, 젠텍이 내 입을 다물게 하려고 했지. 나를 잡아가 약을 먹였어. 하지만 난 탈출했지. 단서를 쫓아서 계속 파헤쳤지. 마침내 그 여인의 흔적을 찾았어. 마침내 문신을 발견했지."

"그럼, 당신은 그 나무가 물 건너에 있다고 생각하는 거예요?

내 말은, 만약 그게 존재한다면 말이에요. 여기에 있어요?"

내가 물었다.

"여기?"

"그래요."

"글쎄, 그렇다면 젠텍은 나를 산산조각 내는 대신, 나한테 티켓 값을 달라고 했어야지."

"생각해 봐요. 프로젝트 시온."

내가 말했다.

"시온. 나무. 넌 천국 얘기를 하고 있군. 하지만 우리는 지금 지옥으로 향하는 거라고."

"모르겠어요. 누구는 다른 사람과 정말로 똑같아질 수도 있어요."

내가 말했다.

얼음덩어리가 물 위에 나타났다. 나는 아버지를 떠올렸다. 나무줄기에 쇠사슬로 묶여, 청명한 푸른 하늘 아래 포로로 잡혀 있던 아버지. 이것이 그 배였다. 분명 그랬을 거다.

"우리 아버지가 이곳 어딘가에 있어요."

내가 말했다. 그러고는 알파에게 몸을 돌렸다.

"네 엄마도 그럴 거야. 하비스트는 이 모든 일과 관계가 있어."

알파는 크로우를 바라보기만 했다. 그러고 나서 다시 물을 바라봤다.

"왜 그래?"

내가 물었다.

"알파는 네가 좀 쉬어야 한다고 생각해."

"글쎄, 아직 봄이 아니에요. 나는 절대 포기하지 않을 거예요."

얼음덩어리가 점점 더 커지고, 높이 솟아오르기 시작했다. 배는 얼어붙은 얼음 둔덕, 톱니 모양의 하얀 봉우리 사이를 구불구불 나아갔다.

우리는 비닐 옷을 꼭 끌어안고, 함께 옹기종기 모여, 우리의 앞날이 둥둥 떠 시야로 들어오는 것을 지켜봤다. 얼음이 떼 지어 떠올랐다. 점점 더 두껍게.

처음, 우리는 섬을 거의 보지 못했다.

섬은 넓고도 컸다. 갈색 해안을 지나자마자 눈 덮인 언덕이 나타났다. 섬에 더 가까이 가자, 배에서 사이렌이 요란하게 울려 퍼지기 시작했다. 우리는 귀를 틀어막았다.

"너무 추워."

알파가 말하고는 자리에서 일어나 선체 안으로 되돌아갔다. 바람이 거세지고 진눈깨비가 내렸다. 하지만 나는 섬을 뒤로 하고 돌아설 수 없었다.

여기가 그곳이다, 나는 생각했다. 다 왔다.

가까이 다가가 보니, 섬은 둥둥 떠다녔다. 섬은 거대한 쓰레기 더미에서 곧장 자라 있었다. 플라스틱과 금속과 폐품, 이 모든 것이 칭칭 감겨 걸쭉하게 한 덩어리로 뒤엉켜 있었다. 길게 늘어선 쓰레기. 높이 쌓인 쓰레기. 해안선에는 쓰레기 조각들이 솟아 있고, 눈 덮인 언덕이 튀어나와 있었다.

하지만 해안에서는, 쓰레기가 다시 땅으로 녹아들고 있었다. 그래서 나는 이 섬이 퍽 오래되었다는 걸 알았다. 다시 흙으로 되돌아갈 수 있을 만큼 오래된 섬.

좀 더 가까이 가니, 산마루에 사람들이 보였다. 언덕의 맞은편에서 우리를 향해 올라오는 사람들. 사람들은 거기 서서, 우리를 기다리고 있었다. 배가 해안으로 표류하자, 그 사람들이 모두 자주색 옷을 입고 있는 게 보였다. 이 섬이 누구의 섬인지 의심의 여지가 없었다.

"배 안으로 들어가자."

크로우가 말했다. 크로우의 목소리는 무척 비통했다. 나는 크로우를 들어 올렸다. 이가 딱딱 맞부딪히며 떨렸다.

우리는 동료 포로들과 함께 화물 짐칸 안으로 몰려 들어갔다. 얼마 있지 않아 배가 쾅 부딪히는 소리를 내며 멈춰 섰다. 사람들은 비틀거리며 넘어졌다. 하지만 나는 두 다리로 버티고 서서, 알파를 꽉 잡고, 크로우를 끌어당겼다. 그래서 크로우는 우리 둘 사이에서 단단히 붙어 있을 수 있었다.

불빛이 하나씩 꺼지고, 마침내 모든 것이 깜깜해졌다. 요원들이 갑판으로 향하는 문을 요란하게 열어젖히고 사람들을 밖으로 몰아 대기 시작했다. 모두 함께 밀려갔다. 꿈틀거리는 거대한 군중 무리.

나는 알파 손을 움켜쥐고, 크로우를 업었다. 하지만 그런 식으로 꼭 붙어서는 좀체 움직일 수가 없었다. 군중들이 앞으로 밀고 가며 우리를 갈라놓았다. 나는 사람들 틈에서 알파를 놓쳤다. 요원 하나가 내 뒤로 다가왔다. 그러더니 크로우의 팔을 내 어깨에서 떼어 놓고는 크로우를 멀리 끌고 가 버렸다.

나는 고개를 들어 공기를 들이키려 했다. 주위를 둘러보며 알파를 찾았지만 이리저리 움직이는 빡빡 밀어 버린 머리가 모두 똑같아 보였다.

요원들이 갑판에서 램프를 내려 얼음으로 뒤덮인 해안선 위에 걸쳤다. 나는 기다렸다. 마침내 내 차례가 되었다. 눈 속에서 얼어붙은 다리가 미끄러졌다.

나는 플라스틱 해안의 딱딱한 병과 상자들 사이, 쓰레기 더미 속으로 발을 내딛었다. 요원들은 언덕 위에서 우리를 내려다보고 있었다. 자주색 솜털로 몸을 감싼 채, 얼굴은 커다란 후드 안에 푹 파묻었다. 우리가 물웅덩이 안에서 와들와들 떨며 물을 튕기며 걷고 있을 때, 요원들은 우리를 지켜봤다.

험한 길은 언덕으로 이어졌다. 우리는 언덕 위로 올라가야 했다. 뾰족한 곤봉이 우리를 앞으로 내몰았다. 어서 움직이라고 고함 소리가 터져 나왔다. 하얀 눈이 소용돌이쳤다. 나는 하늘을 올려다봤다. 나는 걸음을 멈추고 무슨 일이 벌어지는지 보고 싶었다. 하지만 내 맨발은 발을 끌며 계속 걸었다. 위를 향해 비틀거리며, 마침내 나는 언덕 꼭대기에 있었다. 거기서 나는 맞은편에 있는 거대한 바이오 통을 내려다봤다. 그 안에서는 옥수수를 연료로 만드는 작업을 하며 강철 벽을 덜거덕거렸다. 검댕투성이의 연기는 하늘을 윤활유로 더럽히고 있었다.

"반얀."

알파였다. 저 아래에서 나를 부르고 있었다. 나는 알파를 기다리려 했다. 하지만 그때 또 다른 목소리가 내 이름을 불렀다.

나는 산마루 위의 요원들을 바라봤다. 그중 하나가 나를 향해 달려오고 있었다. 나를 총으로 쐈던 요원과 똑같이 생긴 요원이 내게 기다리라고 말했다. 그리고 나서 그 요원은 자기 후드를 내렸다. 여자의 얼굴이 차가운 공기 속에 불쑥 나타났다. 마치 주변의 모든 것을 녹이는 것 같았다. 여자의 숨결에서 김이 났다. 갈색 피부는 붉게 상기되었다.

나는 그냥 거기 서 있었다. 사람들이 앞으로 달려 나가는 동안, 그대로 얼어붙었다. 알파가 내게 다가왔다. 알파는 내 손을 잡고, 내가 바라보는 곳을 바라봤다. 지이가 언덕을 가로질러 우리를 향해 달려오고 있었다.

45장

  아비규환인 덕분에 우리 상당수는 얼어 죽을 운명을 피했다. 요원들이 계속 움직이라고 우리를 밀어붙이는 내내, 포로들은 비틀거리며 넘어졌다. 그래도 계속 움직이지는 못했다. 군중은 멈춰 섰다. 그저 눈 속에 갇힌, 반 벌거벗은 한 무더기의 몸뚱이에 불과했다. 요원들은 소총을 흔들고 곤봉을 휘두르며 닦달했다. 온 힘을 다해 소리치는 지이의 목소리가 계속 들려왔다.

  "잠깐! 저 사람을 이리 데려와. 나한테 데려와!"

  "저 여자 누구야?"

  지이가 사람들을 밀치며 나를 향해 달려오자 알파가 자그맣게 물었다. 비닐 옷은 부스럭부스럭 소리를 내며, 추위로 온몸에 착 달라붙었다. 내가 미처 대답도 하기 전, 요원 하나가 나를 낚아채고, 또 다른 요원이 곤봉을 휘두르며 길을 내주었다.

  "기다려. 멈춰."

  나는 저항했다. 요원들은 나를 오솔길에서 강제로 떼어 내려

했다. 나는 발버둥 치며 알파를 찾았다. 알파가 내게 다가오는 게 보였다. 하지만 요원이 곤봉을 휘둘렀고, 알파의 피가 눈밭에 흩뿌려졌다. 나는 알파를 불렀다. 알파가 있던 곳으로 내 손을 뻗었다. 고개를 숙인 채 팔에서 피를 흘리며 터벅터벅 멀어져 가는 알파가 보였다. 알파는 체념한 듯 계속 걸었다. 나는 사나운 군중 틈에서 알파를 놓치고 말았다.

"안 돼."

나는 계속해서 자그맣게 울부짖었다. 나는 길을 잃은 채 요원들에게 둘러싸였다. 내가 몸을 웅크리고 떠는 사이, 지이가 내 위에서 무릎을 꿇었다.

나는 먹은 것을 다 토해 냈다. 하지만 더 나아지지 않았다. 더 추워졌을 뿐이었다. 지이가 내 머리를 감싸 안았다. 지이의 손은 나머지 부분들처럼 따뜻한 털옷으로 감싸 있었다. 나는 지이의 코트에 푹 파묻힌 느낌이었다. 말하려 했지만, 말이 나오지 않았다. 나는 지이에게 알파에 대해, 크로우에 대해 말하고 싶었다.

"안으로 데리고 와."

지이가 말했다. 지이는 자기 코트를 벗어 내게 덮어 주었다. 그러자 요원들이 내 몸을 들어 데리고 갔다. 지이가 요원들에게 명령하고, 요원들은 지이의 명령을 따랐다.

나는 오랫동안 깊은 잠에 빠져 있었다. 그러다 깜짝 놀라 잠에

서 깼다. 내 비닐 옷은 온데간데없고, 대신 자주색 부드러운 옷
과 그것보다 더 부드러운 담요가 있었다. 담요가 내 몸을 감싸고
있었다. 나는 침대에서 몸을 일으키며 베개에서 머리를 떼어 냈
다. 그러고는 일어나 방 안을 둘러봤다.

창문이 없었다. 아무것도 없었다. 그저 내 침대와 그 옆에 의자
하나뿐. 바닥에는 솜털로 덮인 부츠가 놓여 있었다. 나는 침대에
서 미끄러져 나와 부츠 안에 다리를 밀어 넣었다. 손으로 얼굴을
훑어보고 내 머리에 있는 혹을 더듬었다. 그러고는 문으로 다가
가 문을 활짝 열었다.

옆방은 훨씬 크고 밝았다. 훨씬 번잡하기도 했다. 책상과 탁자
와 기계장치와 부속품들. 네온램프. 케이블선 한 무더기. 숫자가
깜빡이는 제어장치와 자그마한 유리관도 있었는데, 벽을 가로질
러 마치 장식처럼 매달려 있었다. 나는 혼란스럽고 어지러워 눈
을 깜빡였다. 사방에 젠텍 로고가 있었지만, 평상시의 깔끔한 모
습은 전혀 아니었다. 잘 작동하는 것처럼 보였던 냉철한 정밀함
은 보이지 않았다.

"그 사람을 빼닮았군. 이제 깨어났네."

목소리가 들렸다. 여자 목소리였다. 처음에 나는 지이의 목소
리라고 생각했다. 하지만 아니었다. 그건 히나의 목소리였다.

나는 책상에 몸을 기댔다. 플라스틱 병 선반에 부딪혀 병이 깨
졌다. 그러고 나서 다시 조용해졌지만, 자그맣게 울리는 전기 소

리가 방 안을 가득 매웠다.

"당신 죽는 거 봤어요."

내가 소곤거렸다.

여자는 플라스틱 의자에 몸을 구부리고 앉아 있었다. 얼굴에 반짝거리는 모니터 화면이 반사되었다. 은빛 머리카락은 길고, 갈색 피부는 주름지고 축 늘어졌다.

하지만 분명 히나였다, 분명히.

"그래, 내가 어떻게 죽었지?"

여자의 회색 눈이 내게 고정되었다.

"잡아먹혔어요."

"잡아먹혔다고?"

"메뚜기 떼한테요."

"소리가 끔찍했겠군."

"맞아요. 그랬어요."

"글쎄, 우리는 그런 것들에 연연하지 않아, 반얀."

그 말이 나를 방심하게 만들었다. 여자가 내 이름을 불렀으니까. 여자의 목소리는 달랐다. 목소리에 힘이 있었다. 단어를 좀더 분명하게 발음했다.

"이리 가까이 와."

여자가 말했다.

"아니, 싫어요. 저리 가요."

내가 히나를 바라보며 말했다.

"예의를 갖춰."

"지이는 어디 있어요?"

"언제나 있는 곳에 있지."

나는 고개를 저었다. 그렇게 하면 여자가 사라지기라도 할 것처럼. 나는 탈출구를 찾아 방 안을 둘러봤다.

"이리 와 앉아, 제발."

여자가 말했다.

"여긴 뭐예요?"

"내 실험실이지."

"어떤 게 진짜예요? 당신 아니면 다른 사람?"

"진짜냐고?"

"당신은 나이가 더 많아요. 그러니까, 당신이 첫 번째였겠지요, 안 그래요? 다른 사람은 그저 복제에 불과했어요. 안 그래요? 하비스트들처럼."

"그렇게 단순한 게 아니야."

"그렇다면 도대체 무슨 일이 벌어지고 있는지 왜 내게 말하지 않는 거죠?"

나는 방을 가로지르기 시작했다. 하지만, 여자는 의자에서 일어나 내게 성큼 다가왔다. 나는 동작이 느렸다. 여자는 내 허리를 감싸고는 자기 쪽으로 휙 잡아당겼다. 나는 아직도 몸에 기운이 없었다. 너무 약해 저항할 수 없었다.

"지이는 어디 있어요?"

나는 속삭였다. 내 얼굴은 여자의 자주색 셔츠에 눌려 있었다.

"돌아올 거야."

"아파요."

"미안해."

나는 몸을 돌려 여자를 바라봤다. 이 여자는 도무지 뭐가 뭔지 알 수 없게 만들었다.

"힘들군, 화를 참으려니. 넌 내가 누구인지 몰라."

여자가 말했다. 목소리는 차분했지만 눈빛은 거칠었다.

"분명히 알아요. 당신은 히나예요."

내가 말했다.

"아니."

"히나의 복제물."

여자가 고개를 저었다.

"그렇다면, 히나의 누나. 아니면 엄마."

여자가 다시 말할 때까지는 약간 시간이 걸렸다. 순간, 여자가 나를 붙잡았다. 그런데 어쩐지 여자가 말을 하기도 전, 나는 여자가 무슨 말을 하려는지 알 것만 같았다.

"난 히나의 엄마가 아니야. 난 네 엄마야."

여자가 내게 몸을 숙이며 이렇게 속삭였다.

46장

　그 말은 진실이 아니었다. 나는 내 자신에게 그렇게 말했다. 그 여자에게도 그렇게 말하려 했다. 우리 엄마는 죽었다. 오래전에 죽었다. 굶어 죽었다. 굶어서…. 하지만 이제 나는 집중할 수 없었다. 나는 제대로 생각할 수 없었다.
　"어렵게 만들지 마."
　여자가 말했다. 우리는 방 한가운데 서로 몸을 잡고 있었다.
　나는 여자의 팔을 빼내려 했다.
　"거짓말이야!"
　"내가 왜 거짓말하겠니?"
　"당신은 알 수 없어요. 어떻게 아냐고?"
　"굳이 내가 알 필요는 없어. 과학이 증명해 주지."
　"과학이라고요?"
　"네 유전자."
　"나의 무엇이요?"

"네 유전자는 내 DNA와 완벽히 일치해. 네 아버지의 DNA와도 마찬가지고."

여자가 말했다.

"우리 아버지요?"

"그래."

"어디 계신데요?"

"여기 있어."

"뭐라고요?"

난 주먹을 불끈 쥐었다. 목구멍에서 뭔가가 치밀어 올랐다.

우리 아버지. 이곳에.

"널 데려다 줄게. 네가 준비되면."

여자가 말했다.

"지금 준비되었어요."

몸이 떨려 왔다.

"아니, 반얀. 넌 아직 준비가 안 됐어."

"지금 데려다 줘요."

나는 악다구니를 쳤다. 나는 유리 모니터를 들어 벽에 내동댕이쳤다. 바닥에 유리 조각들이 나뒹굴었다.

여자는 나를 붙잡으려 했지만 나는 여자를 밀치고 빠져나와, 방 저쪽에 있는 문으로 달려갔다. 하지만 내가 문에 다다랐을 때, 문이 활짝 열리더니 지이가 나를 향해 서둘러 다가왔다. 자주색으로 온몸을 감싸고, 얼굴에는 환한 미소를 띠고 있었다. 지이는 뭔가 말하려 했지만 나는 말을 가로막았다.

"도대체 뭐야? 여기서 나가게 해 줘. 나가게 해 달라고."

내가 말했다.

"나가게 해 줄게."

지이가 소곤거렸다. 태양이 지는 것처럼 지이의 미소도 사라졌다. 지이를 밀치고 나가려 했지만, 지이는 나를 힘껏 밀어붙였다. 갑작스레 피곤이 몰려왔다. 다리가 움직이지 않았다.

"진정해."

지이가 방 안으로 들어섰다.

"이 아이한테 무슨 말을 한 거예요?"

지이가 여자에게 물었다.

"내 아들이라고 말했다."

여자가 가까이 다가오며 대답했다.

"이 아이 아버지는요?"

"아니. 아직 말 안 했어."

"우리 아버지 봤어?"

나는 지이에게 물어보려고 했지만 휘청거리며 말이 제대로 나오지 않았다.

"진정시켜."

둘 중 하나가 말했다. 모든 것이 뒤죽박죽이 되었다.

의식을 차려 보니, 나는 침대에 누워 있었다. 전등은 꺼져 있었다. 팔다리를 움직이려 했지만 온통 쑤셨다. 무언가 내 허벅지를 누르고, 시트를 고정시켜 놓은 느낌이었다. 나는 손을 이리저리 움직여 그것을 부여잡았다.

금속. 차갑고 날카로웠다. 금속을 만져 봤다. 돌기가 있고 휘어져 있다. 가시처럼 날카로운 금속에 베어 피가 났다.

"그건 장미라고 불러."

지이가 방 한쪽 구석에서 말했다. 나는 지이를 쳐다봤지만, 너무 어두워서 그림자밖에 보이지 않았다.

"그 사람이 만들었어."

지이가 말했다.

"아버지?"

"그래. 우리 아버지."

지이는 발을 끌며 가까이 다가와 내 옆 바닥에 놓인 나지막한 오렌지 전구를 켰다.

"우리 아버지라고?"

지이가 고개를 끄덕였다. 나는 눈길을 피했다. 내 머리로는 이해가 안 됐다.

나는 꽃을 불빛 가까이 잡아당겨 그 훌륭한 솜씨를 자세히 살펴봤다. 가시가 있는 전선은 자주색으로 녹슬어 있고, 기다란 줄기로 엮여, 둥근 잎사귀 부분이 모여 다발을 이루었다. 내 피가 꽃잎 위에 떨어졌다.

"아버지가 이걸 너한테 줬어?"

내가 물었다. 그 말에 지이는 미소를 지었다. 뭔가 슬픈 걸 말할 때 항상 그러는 것처럼.

"아니. 저 여자한테 만들어 줬어. 네 엄마."

지이가 말했다.

"우리 엄마는 죽었어. 난 저 여자 몰라."

"이곳 사람들은 창조자라고 불러."

"저 여자는 미쳤어. 게다가, 우리 엄마가 아니라 네 엄마 같아."

나는 뾰족한 장미꽃을 침대 위에 놓고, 지이를 향해 몸을 돌렸다. 지이는 죽어서 내 꿈에 나타났었다. 하지만 이제 이곳에 있었다. 살과 피가 있는 몸에 젠텍 자주색 복장을 입고서.

"우리 엄마는 네 엄마의 복제물이야."

지이가 말했다.

"복제물?"

"복사 말이야. 완벽한 복사."

"왜 나는 지금껏 이런 이야기를 들어 본 적이 없지? 어떻게 우리가 모를 수가 있지?"

"우리 아버지가 너를 안전하게 지키고 싶어서 그랬던 거야."

"안전이라고?"

난 마음속으로 한 마디 한 마디, 그 새로운 정보를 곱씹었다.

하지만 모든 것이 나를 미끄러져 지나가 바닥에서 산산이 부서지는 느낌이었다. 난 아버지를 원했다. 아버지를 보고 싶었다. 하지만 마찬가지로, 모든 게 잘못된 느낌이었다. 아버지가 이렇게 낯설게 느껴진 적은 처음이었다.

"알게 될 거야."

지이가 말했다. 지이는 나를 팔꿈치로 쿡 찌르더니 내 옆에 앉았다.

"뭘? 네가 나하고 남매라는 거?"

손이 떨렸다. 나는 주먹을 꽉 쥐었다.

"아마도."

지이가 말했다.

하지만 내게는 피붙이가 없었다. 아버지 말고는 아무도 없었다. 나는 제대로 이해해 보려 노력했다. 처음부터 다시 찬찬히 생각해 보려 노력했다. 하지만 다시 길을 잃고 말았다.

"내가 널 좀 더 오래 지켜 주어야 했어. 그 노예 수송선에서 말이야. 하지만 난 히나를 데리고 나왔어. 그런데 히나를 구할 수는 없었어. 결국에는 말이야."

내가 지이에게 말했다.

지이는 울기 시작했다. 그 모습에 내 마음이 가라앉았다. 나는 심호흡을 해 보았지만, 잘되지 않았다.

"난 아무것도 할 수 없었어. 히나를 위해서. 살을 위해서. 그건 내 잘못이었어. 내가 끌고 간 거야."

말이 입 밖으로 쏟아져 나왔다.

"아니야."

지이가 대답했다. 지이는 이어 말하려 했지만 눈물이 흘러 말을 할 수가 없었다. 그저 울기만 했다.

이윽고 눈물이 말랐다. 지이가 눈물을 그쳤을 때, 나는 지이의 망가진 폐에서 새어 나오는 씨근거리는 소리를 들을 수 있었다. 옥죄이는 듯한 갑갑한 소리를.

"히나는 기억해 냈어. 결국에는 말이야. 자신의 인생을 모두 볼 수 있었던 것 같아. 그리고 히나는 아주 깔끔하게 끝냈어. 늙은 프로스트로부터 자유로웠고, 크리스털에서도 완전히 빠져나왔어."

"살은?"

"살이 나를 구해 줬어."

살이 진흙 구덩이에서 나를 잡아 주던 때를 기억했다. 자신을 내 친구라고 말하던 때를 기억했다.

"나를 숨겨 주려 했어. 프로스트가 미쳐 날뛰었을 때."

지이가 다시 흐느껴 울기 시작했다. 살은 지이에게 남동생과 같은 존재였을 것이다. 살이 뭐라고 지껄였든지 간에 말이다.

"놈들이 너를 베가에 잡아 왔어? 하비스트들 말이야."

나는 평원을 가로질러 움직이던 거대한 바퀴를 떠올렸다.

"모르겠어. 깨어 보니 여기였어."

"저기 밖에서 먼지 마스크를 쓴 요원을 한 명도 보지 못했어."

"공기는 맑아. 항상."

"그런데 너는 못 고쳐? 네 폐 말이야?"

"창조자가 그러는데, 나을 수 없대. 하지만 적어도 더 나빠지지는 않아."

"창조자라고? 도대체 누가 자신을 그렇게 부른대?"

나는 침대에서 일어나, 머리를 감싸 쥐었다.

"그게 그 여자의 직책이야. 모두 다 그렇게 불러."

"너처럼 엄마가 있는 사람들이겠지."

"내가 말했잖아. 내 엄마가 아니라 네 엄마라고."

지이가 말했다.

"말도 안 돼. 우리 엄마는 죽었어. 굶어 죽었다고. 날 살리려고 말이야."

"그게 우리 아버지가 너한테 한 말이지?"

나는 뒷목을 긁적였다. 난 창조자가 우리 엄마라는 걸 믿고 싶지 않았다. 그 생각을 하니 고통이 밀려왔다.

"우리 아버지는 거물을 위해 나무를 만들러 왔어. 젠텍 말이야. 젠텍은 이곳을 만든 사람의 조각상을 원했어."

지이가 말했다.

"젠텍이 아버지한테 나무를 만들게 했다고?"

잠시, 나는 아버지와 수천 명의 사람들이 젠틱 왕궁을 위해 노예로 일하는 모습을 떠올렸다.

"아버지가 이 섬에 처음 왔을 때야. 네 엄마가 그러는데, 그래서 두 분이 만나게 되었대."

지이는 장미를 집어 들고 침대 위, 우리 사이에 놓았다.

"네 아버지가 네 엄마를 위해 이걸 만들었어. 하지만 젠틱이 원하는 조각상은 절대 만들지 않았지. 네가 태어나자, 너를 데리고 달아났어. 그 뒤로 숨어 지냈지."

"숨어 지냈다고?"

"작년 겨울까지."

"맞아. 작년 겨울. 아버지가 잡혀가기 전까지."

몸이 떨렸다. 머릿속이 혼란스러웠다. 하지만 어렴풋이 알 것도 같았다.

"아니, 잡혀간 게 아니야."

지이의 목소리는 부드러웠다. 얼굴에 죄책감이 서렸다.

나는 말하려 했지만 말할 수 없었다. 기름이 떨어진 엔진처럼, 꼼짝할 수 없었다.

"베가를 향해 왔어. 스스로 걸어 들어온 거라고."

지이가 말했다.

"젠틱에?"

그 말은 내 입 밖으로 나와 내 등을 타고 기어 내려갔다.

"이곳에 올 수 있는 유일한 방법이었으니까. 단층을 통해. 물을
건너."

"나무를 찾아서?"

내가 속삭였다.

"맞아. 나무를 찾아서."

지이는 살짝 웃었다.

얼마나 오랫동안 이어졌는지 모르겠다. 나는 폭발하고 말았다.
지이가 나를 위로해 주려고 최선을 다했지만, 나는 지이의 위로
를 원치 않았다. 내가 바라는 건 아버지뿐이었다. 나는 어둠 속
에서 아버지를 찾아 소리쳤다. 그러고는 주먹으로 벽을 마구 두
드렸다.

마침내 내 목소리에 힘이 하나도 남지 않았다. 숨 쉬려 했지만,
몇 년 전 그 흙빛 강물에 빠질 때와 똑같은 느낌이었다. 다만 이
번에는 나를 건져 줄 사람이 없었다. 그래서 너무너무 아팠다.
아버지는 이 세상에서 내 유일한 친구였으니까. 아버지는 잡혀
간 게 아니었다. 그저 갑자기 떠나 버린 것이었다.

하지만 왜?

나는 문을 바라봤다. 하지만 지이는 나를 막아섰다.

"여기 있어야 해, 반얀. 나랑 함께."

"아니. 아버지 보러 갈 거야."

지이에게서 벗어나려 버둥거렸지만, 아직도 내게는 기운이 없었다.

"그럴 수 없어. 요원들이 가게 내버려 두지 않을 거야."

"우리 아버지 봤어?"

"아무도 볼 수 없어."

"왜?"

"왜냐하면 네 아버지를 가두어 놨으니까."

가두어 놨다고? 그건 중요하지 않다고, 나는 내 자신에게 말했다. 아버지를 독방에 가두고 열쇠를 가져가 버렸으면 어쩌지? 아버지가 나를 떠났다. 나를 버렸다. 밖에서 무슨 소리가 들린다는 이야기를 꾸며 내고는 자동차에서 걸어 나갔다. 아마 한 번도 뒤돌아보지 않았으리라. 그저 먼지 폭풍 속을 달려갔으리라. 베가를 향해. 젠텍과 이 쓰레기 섬을 향해. 내게 이런 공허함만 남겨 두고서. 아버지는 내게 거짓말을 했다. 언제나. 나는 그런 아버지를 지금껏 믿어 왔다.

처음부터.

47장

　나는 구석에 몸을 웅크리고 있었다. 내장은 콘크리트처럼 단단히 굳었다. 피부는 뜨거웠다. 하지만 나는 와들와들 떨고 있었다. 침묵. 소리를 내지 않으려 노력했다. 지이는 이제 입을 다물었다. 일단 지이가 몸을 실룩 움직이며 잠이 들자, 나는 바닥에서 살며시 일어났다.

　나는 실험실 안으로 살금살금 들어갔다. 실험실 안에서는 불빛과 스크린이 깜빡였다. 마치 꿈을 꾸는 것 같았다. 내 안의 모든 것이 마비되었다. 나는 의자에 주저앉아 아무 생각도 하지 않으려 했다. 아버지의 얼굴만 보였다. 함께 했던 우리 삶이 굽이쳐 흘렀다. 어떻게 나를 두고 그렇게 훌쩍 떠날 수 있었는지 알고 싶었다.

　나는 사소한 것까지 모두 기억해 내려 애썼다. 단서를 찾기 위해서. 하지만 아버지는 내가 가지고 다닌 기억 주머니 속의 아버지와는 완전히 다른 사람 같았다. 아버지는 내가 전혀 모르는 사람 같았다. 낯선 이방인.

내가 이곳에 오기까지의 과정을 곰곰 되짚어 봤다. 알파를 생
각하기 시작했다. 그리고 크로우를 생각했다. 제대로 생각하도록
내 자신에게 채찍을 가했다. 창조자가 어깨에서 눈을 털어 내며
방 안으로 들어왔을 때, 나는 내가 그동안 알던 것보다 오히려
모르는 게 많다는 느낌이 들었다.

"왜 아버지가 이렇게 한 건데요? 왜 아버지가 돌아왔지요? 당
신을 위해서인가요?"

나는 창조자가 코트를 벗는 모습을 지켜보며 물었다. 내가 거
기 앉아 있는 걸 보고 창조자는 깜짝 놀랐다. 하지만 애써 차분
해 보이려 했다.

창조자는 내 맞은편 의자에 주저앉았다. 그러고는 히나가 지어
보이곤 하던, 그리고 지이가 완벽하게 지어 보였던, 예의 그 슬
픈 미소를 지어 보였다.

"나를 위해 온 게 아니야. 실험을 위해 온 거야. 너를 키울 때까
지 기다렸다고 내게 말하더구나. 네가 자유롭게 되었다고 말했
어."

창조자가 말했다.

"무슨 실험이요?"

나는 알파를 떠올렸다. 잘리고, 주름지고, 플라스틱으로 뒤덮
인 모습. 그리고 크로우를 떠올렸다. 잘려 나간 몸통.

"다른 사람들은 다 어디 있어요? 배에 탔던 다른 사람들은요?"

내 안에서 공포가 스멀스멀 피어올랐다.

"걱정 마. 잠자고 있으니까."

창조자가 말했다.

"잠잔다고요?"

"그 사람들은 달라, 반얀. 모두 안전하게 있어."

"당신이 베가에서 불구덩이에 던져 넣었던 사람들과는 다르겠지요."

유령과도 같은 살의 얼굴이 내 마음속에 떠올랐다. 불구덩이에 던져져 지글지글 타오르며 연기가 피어났을 때, 녀석은 비명조차 지르지 못했다는 사실을 기억해 냈다.

"베가는 나랑은 아무 상관없어. 그곳 경영자들 책임이지. 그건 누군가 즐기는 무엇이 아니야. 그것은 우리가 견뎌 내야 하는 것들이지."

창조자가 말했다.

나는 창조자를 노려봤다. 그동안 무슨 일이 있었는지 생각해 보려 했다. 이 여자가 우리 엄마일 리 없었다. 받아들일 수가 없다. 머리가 어지러웠다. 하지만 나는 칼처럼 명쾌한 대답이 필요했다.

"무엇을 견뎌야 한다는 거예요?"

"이리 가까이 와. 제발. 내가 보여 줄게."

창조자가 말했다.

창조자는 손가락으로 컨트롤 패널을 가볍게 튕겼다. 나는 그 뒤에 서 있었다. 아무것도 없는 화면에 무언가가 나타났다. 우리 얼굴이 모니터에 비쳤다. 창조자가 몸을 돌려 나를 올려다봤다. 그러자 스크린이 자주색으로 바뀌고 우리 얼굴은 사라졌다. 자그마한 하얀 선들이 스크린 위에 떠오르더니 한가운데에서 만났다. 자그마한 블록들이 함께 고정되더니 점점 커졌다. 비계의 각 부분들처럼 합쳐져 있었다.

"우리는 생명을 창조해 내고 있어. 네 아버지는 그것을 꽤 잘하셨지."

창조자가 속삭이듯 말했다.

"이게 뭔데요?"

나는 스크린 위, 나선형 모양으로 점점 자라나고 있는 계단에서 눈을 떼지 못했다.

"그건 DNA야. 뉴클레오티드의 결합. 모든 생명체에 존재하는 건축용 블록."

"과학이군요."

"그건 자연이야. 네 아버지는 매우 똑똑하셨어, 반안. 재능이 뛰어났지. 사물들이 어떻게 서로 잘 맞을 수 있는지 아셨어. 잃어버린 조각들 말이야."

창조자는 자리에 앉은 채 몸을 움직여 이제 내게 좀 더 가까이

왔다. 거의 닿을 정도로. 창조자의 몸이 너무 가까이 있어, 체취도 맡을 수 있었다. 시큼한 비누 냄새가 났다. 하얀 눈을 맞아 차갑고 축축했다.

"거의 5년 동안, 나는 그 사람한테 가르쳤어. 내가 하는 일을 보여 줬지. 그 사람한테 DNA 기하학, 나선형 모형 제작술을 훈련시켰어. 결국 그 사람은 복잡성을 꿰뚫어 볼 수 있게 되었지. 내가 미처 보지 못했던 것까지 말이야. 그 사람은 젠텍이 자신을 고용해서 만들라고 한 그 기념물을 만들지 않았어. 실험실에서 나랑 함께 나무를 만드는 일을 했지."

"나무처럼 보이지 않는데요."

내가 말했다. 창조자는 삐쩍 마른 어깨가 들썩일 정도로 내 옆에서 아주 크게 웃었다.

"무언가를 아주 작은 조각으로 잘라. 그러면 코드를 알 수 있지."

창조자가 말했다.

"지도 같은 거 말인가요?"

"바로 그거야. 네가 바꿀 수 있는 지도. 다시 만드는 거지. 우리는 나무를 만들고 있어, 반얀. 이 섬에서 찾아낸 나무들을 복제하는 것, 그것을 개조해 본토에 가져가는 거야."

내 팔에 창조자의 손이 느껴졌다.

"우리는 수십 년 동안 노력해 왔어. 나무들을 메뚜기 떼가 먹어 치우지 못하게 바꾸는 것."

"옥수수처럼 말인가요?"

"하지만 옥수수에 적용되었던 기술은 나무에는 적용되지 않았어. 우리는 좀 더 잘 적응할 수 있도록 나무의 세포 구조를 바꾸어야 했어. 나무 DNA를 다른 생명체, 보다 풍부한 종의 DNA와 하이브리드 해야 했어."

나는 창조자에게서 뒤로 물러섰다. 스크린에서 눈을 뗐다. 라스타 노인과 내가 노인의 몸에서 떼어 낸 나무 조각을 떠올렸다. 온통 나무껍질로 틀어막은 알파의 피부를 나는 떠올렸다.

"인간. 당신은 인간을 이용하고 있군요."

나는 휘청휘청 뒤로 물러서며 말했다.

창조자가 얼굴을 찡그리는 모습이 역겨웠다. 창조자의 얼굴이 일그러졌다. 마치 혓바닥에 독약이라도 든 것처럼. 나는 감각을 잃고 비틀거렸다. 의자를 붙잡았다. 이것이 바로 프로젝트 시온이었다. 젠텍은 사람들을 잡아다가 변형시켰다. 얼마나 많은 사람이 당했는지 아무도 모른다. 내 눈앞의 이 여자는 이 모든 것의 중심에 있었다.

"오직 하이브리드 세포만이 바뀔 수 있어. 그것 말고는 이용할 수 있는 게 아무것도 없어. 옥수수는 너무 인조적이야. 동물로도 실험을 해 봤지만, 이제 아무것도 남아 있지 않아. 사람 말고는 아무것도 없어."

창조자가 말했다.

"사람들한테 무슨 짓을 한 거예요?"

나는 나지막이 물었다. 마치 그 말이 입에서 살짝 빠져나오기라도 한 것 같았다.

"우리는 그것을 퓨전이라고 부르지."

"사람들을 죽이나요?"

"나는 누구도 죽이지 않아. 그건 희생이야. 그뿐이야."

"희생이라고요? 무엇을 위한 희생인데요?"

"우리는 세상이 다시 자라게 하고, 공기와 물을 깨끗이 할 수 있어. 숲과 종이. 보금자리. 그리고 과일나무, 반얀. 진짜 과일나무."

"맞아요. 세상이 다시 자라게 하고 세상의 구석구석에서 젠텍을 없애 버리는 것."

나는 이제 소리치고 있었다.

창조자는 내가 자신을 때리기라도 한 것처럼 나를 쏘아보았다.

"우리 아버지가 이것을 도왔다고요?"

"뭘 해야 하는지 우리가 깨달았을 때, 네 아버지는 떠났어."

"자기 손에 피를 묻히지 않았군, 그렇지요?"

"네 아버지는 두려워했어."

"물론, 그랬겠지요. 어쩌면 우리 아버지는 당신을 두려워했던 건지도 몰라요."

창조자는 자리에서 일어나 나를 후려쳤다. 앙상한 손등이 내 뺨을 갈겼다. 하지만 어찌된 영문이지 마치 내가 그 여자를 때린 것 같았다. 창조자의 눈에 눈물이 차오르고 호흡이 떨렸다. 창조자는 기계장치를 향해 얼굴을 돌렸다.

"아직도 네 아버지가 보고 싶니?"

창조자가 말했다. 마치 이것이 그 여자가 할 수 있는 마지막 제안이기라도 한 것 같았다.

하지만 나는 스스로에게 말했다. 내가 찾으러 온 건 아버지뿐만이 아니었다고. 젠장, 나는 그냥 놔두고 갈 수 없는 무언가를 찾아왔다고 생각했다. 뒤에 남겨 둘 수 없는 빌어먹을 그 무엇을.

"당신이 우리 아버지를 잡아 둬도 좋아요. 내가 보고 싶은 건 나무라고요."

내가 말했다.

48장

　지이는 내게 젠틱 자주색 옷을 입히고, 내 머리를 큼지막한 후드 안으로 밀어 넣었다. 나는 지이에게 아무 말도 할 수 없었다. 그저 지이가 내게 옷을 입히게 내버려 두었다. 내 생각은 벽에 부딪힌 바퀴처럼 천천히 헛바퀴만 돌았다.

　"서둘러. 보고 나면 기분이 좋아질 거야."

　지이는 내 재킷을 단단히 죄면서 후드 속으로 속삭였다.

　머리를 숙이고 있었기에, 지이의 얼굴은 보이지 않았다. 하지만 지이가 미소 짓고 있다는 걸 알았다. 그 미소를 생각하니 마음이 푸근했다. 그 기분을 누리고 싶었다. 지금 난 길을 잃고 혼자 된 느낌뿐이었으니까.

　동화를 믿지 말라고 아버지는 내게 말했었다. 절대 속아 넘어가지 말라고. 아버지는 나무는 없다고, 아무것도 남아 있지 않다고 말하곤 했다.

　하지만 아버지는 내게 거짓말을 했다. 내가 살아온 내내.

지이는 나를 데리고 복도를 통해 계단으로 올라갔다. 마침내 우리는 밖으로 나왔다. 얼어붙은 공기가 내 코트 안으로 확 스며들었다. 나는 얼음덩어리와 회색 하늘, 콘크리트 빌딩을 둘러보았다. 지이가 내 손을 잡고는 눈길로 이끌었다.

"히나는 분명 복제물이었어. 하지만 나는 네 엄마가 좋았어. 진짜보다 훨씬 더."

눈 덮인 언덕을 기어오르며 내가 말했다.

"히나는 진짜였어."

"충분히 진짜였다고 생각해."

"히나는 신호였을지도 몰라. 난 생겨날 수조차 없었을걸."

지이가 말했다.

"신호라고? 무슨 신호?"

"창조자가 말했어. 이곳의 나무들이 스스로 복제하는 방식으로 인간을 복제해 낼 수 있다면, 이 두 가지 종을 융합할 수 있다고 말이야. 그래서 히나를 남쪽으로 보낸 거야. 우리 아버지를 찾기 위해서. 우리 아버지한테 성공했다는 걸 보여 주기 위해서 말이야."

"히나는 남쪽으로 갔어, 맞아. 남쪽 벽에 갔지."

"우리 아버지는 반란군에 가담했었어. 젠텍에 맞서 싸웠다고."

"그래. 반란군이 어떻게 되었는지 나는 똑똑히 봤어."

조본이 내게 해적들에 대해 들려준 말이 떠올랐다. 해적들의 깃발을 떠올렸다. '지는 태양의 군대'.

"히나는 비약적인 전진이었어."

지이는 말을 이어 갔다. 그 점에 대해서는 뭔가 자부심이 있는 듯 했다.

"네 엄마는 우리 아버지가 돌아와서 도와줄 거라 생각했어. 어떤 일이 가능한지 눈으로 보게 되면 말이야. 완벽한 인간 복제를 만들 수 있다는 걸 보면 말이야. 네 엄마는 우리 아버지가 마음을 바꿀 거라 생각했어."

"그 여자를 그렇게 부르지 마."

"알았어, 그럼 창조자라고 부르지. 창조자는 우리 아버지가 돌아올 거라 생각했어."

"무엇을 하려고? 가짜 인간을 만들려고?"

"인간을 복제하는 건 시작에 불과했어. 하지만 일부 특정한 사람의 세포만 나무와 융합할 수 있어."

지이는 자기 배를 손으로 문질렀다.

"문신에는 숫자들이 코드화되었어. 단백질 숫자. 어떤 조합이 나무 세포와 일치하는지 알아냈지. 그래서 이제 그것과 일치하는 DNA를 가진 사람을 찾아내야 한다는 걸 알게 된 거야."

그렇다면 숫자들은 결국 좌표가 아니었다. 그냥 과학이었다. 그 '공장'에서 사느냐 죽느냐를 결정하는 과학. 사람을 죽이는 과학.

"놈들은 옥수수에도 똑같은 짓을 했어. 똑같은 짓거리를. 그런데 이번에는 인간에게 한 것이로군."

내가 말했다.

"고치려고 노력하고 있어."

"글쎄, 내 생각에 이제 그만둬야 할 것 같은데."

"그들은 이곳에서 우리 엄마를 키웠어."

지이의 목소리는 침착했다.

"놈들은 네 엄마를 이용했던 것뿐이라고."

"나도 알아."

"그리고 창조자라는 여인은, 너 또한 이용하고 있는 거야."

"상관없어."

지이가 차갑고 깨끗한 공기를 숨 쉬며 자기 가슴을 가리켰다. 지이는 솜털로 덮인 젠텍 코트를 잡아당겼다.

"나는 평생 이용당해 왔어, 언제든 받아들일 거야."

"뭘 받아들여?"

"승리하는 편에 서는 것."

"그렇다면, 넌 시온을 발견했으니 네가 원하는 것을 얻은 거로구나."

"난 숨 쉴 수 있어, 안 그래? 더 이상 그 어떤 것도 두렵지 않아."

이제 언덕을 반 정도 올라섰다. 나는 힘에 부쳤다. 나는 멈춰서 아래를 내려다봤다. 건물 세 채가 눈에 덮여 있었다. 우리가 나온 건물, 그 건물보다 좀 더 큰 벙커, 그리고 이 둘 사이에는 자그마한 둥근 지붕이 자리 잡고 있었다. 건물에는 하나같이 창문이 없고, 요원들이 문마다 배치되어 있었다.

지이의 말에 의할 것 같으면, 아버지는 이곳에서 나를 데리고 떠나갔다. 그렇다면 이곳은 내가 태어난 곳이다. 나는 이곳 출신인 것이다.

맞은편 산마루에는 바이오 통에서 연기가 피어오르고 있었다. 거대한 금속 심장처럼 연료를 뿜어내고 있었다. 그리고 낡은 폐품 조각들이 얼어붙은 경관 속에서 어지러이 튀어나와 있었다.

"네 아버지가 그 여자를 사랑했다고 생각하니?"

지이가 물었다.

"누구?"

"히나."

"물론, 적어도 히나는 이리저리 뛰어다니며 사람들을 죽이지는 않았어."

내가 대답했다.

"하지만 아버지는 히나 곁을 떠났어."

"아버지는 사람들을 떼어 놓는 데 능숙했어. 어쩌면 그게 재주인지도 모르지."

"증오하고 싶은 거로구나. 그럼 나도 아버지를 더 증오해야 할까? 히나는 언제나 내게 말했어. 내 진짜 아버지는 내가 존재한다는 사실조차도 모른다고. 내가 태어나리라는 걸 알기도 전에 떠난 게 틀림없어."

나는 올드 올리언스에 있는 조각상을 떠올렸다. 그 조각상이 정말 히나를 위해 만들어진 것인지 문득 궁금해졌다. 아니면 그보다 훨씬 오랫동안 사랑했던 누군가의 복제물이었을까?

지이 말이 모두 사실이라면, 나는 분명 아주 어릴 적에 올드 올리언스에 있었을 것이다. 어쩌면, 막 태어난 갓난쟁이였을지도 모른다. 어쨌든 나는 그곳에 있었다. 아버지가 조각상을 만드는 동안, 담요에 싸여 아버지의 등에 업혀 있었다. 그리고 얼굴을 완성하지 못하고 아버지가 남겨 놓은 그 조각상을, 한참이 흐른 뒤 내가 완성했던 거다.

"네 엄마는 그림자와 같았어."

내가 말했다.

"결국 히나는 아버지에게 자신이 한 일을 떠올렸을 거야. 실험 말이야. 바로 이것."

지이는 저 아래쪽 건물들을 가리켰다.

"너는 아버지가 이곳에 묶어 두지 않은 유일한 존재였어. 아버지가 너를 포기했을 때, 이 모든 것을 멈출 시도를 할 수 있었던 거야."

나는 후드를 벗었다. 그래서 지이를 똑바로 볼 수 있었다. 하지만 지이는 몸을 꽁꽁 싸매고 숨어 있었다.

"무슨 뜻이야?"

내가 물었다.

"요원들이 말해 줬어. 지난겨울, 모두 생각했대. 아버지가 프로젝트를 끝마치는 걸 돕기 위해 돌아왔다고. 하지만 아버지는 반란을 꾀했어. 사람들을 풀어 주고, 본토로 되돌려 보냈어. 우리가 발견했던 그 미친 라스타 노인과 같은 사람들 말이야."

나는 창조자가 했던 말을 떠올렸다. 아버지가 나를 길렀고, 나를 자유롭게 해 주었다는 말. 그것이 아버지가 내게 말하지 않았던 이유일까? 아버지는 내가 나무 만드는 일을 계속할 수 있을 정도로 충분히 자랄 때까지 기다렸던 걸까? 그러고 나서 모든 걸 제자리로 돌려놓기 위해 위험을 감수하고 떠난 것일까?

"반란이라고?"

내가 자그마한 목소리로 물었다.

"그래. 그러다 결국 붙잡혔지."

나는 아버지가 나무에 묶여 있는 사진을 떠올렸다. 그러고 나서 우리가 묻은 밀매꾼을 기억했다. 옥수수를 나누어 주려다 맞아 죽은 여자를. 그 여자는 우리의 마지막 고객이었다. 아버지와 함께 했던 마지막 일이었다. 베가로 가는 길 위에서 아버지가 급히 도망가기 전에 말이다. 내 심장이 빨라졌다.

"이제 놈들이 우리 아버지를 가둬 놓고 있다는 거군."

내가 말했다.

"맞아."

한참 전, 해돋이 때 자신의 지휘봉을 흔들어 대던 라스타 노인이 떠올랐다.

"봄에 아버지를 죽이겠지?"

내가 말했다. 내 목소리는 점점 커졌다.

"그것보다 빨리. 보통, 봄에 실험을 해. 하지만 이제 모든 걸 알아냈어. 본토에 숲을 되살릴 준비가 모두 끝났어."

"사람들을 이용하겠군. 배를 타고 온 사람들, 맞지?"

나는 알파와 크로우를 생각했다.

"그 사람들은 물론이고 그동안 잡아 둔 사람들 모두. 그들이 원하는 DNA를 지닌 사람들은 모조리."

"하지만 그 여자가 사람들은 잠자고 있다고 했어. 안전하다고 했다고."

"맞아. 융합을 할 때까지는."

지이는 저 아래 메인 벙커를 가리켰다. 그곳 어딘가에 아버지가 갇혀 있었다. 아마도 여전히 쇠사슬에 묶여 있을 것이다. 알파도 저기에 갇혀 있을 거다. 알파는 잠자고 있을까? 자신의 나무 기술자가 떠났다는 꿈을 꾸었을까?

"언제 시작하는데?"

내가 물었다.

"이틀 뒤."

나는 우리가 향하고 있는 언덕을 올려다봤다.

"사람들은 이곳을 뭐라고 부르는데?"

"약속의 섬."

나는 라스타 노인을 다시 떠올렸다. 노인의 배는 나무껍질로 부풀어 올랐었다. 나는 라스타 노인이 내게 해 준 말을 기억해 내려 애썼다. 그리고 하얀 눈에 푹푹 빠지며, 아버지를 생각했다.

아버지는 나를 보호하려 했던 걸까?

아버지는 오랫동안 비밀로 간직해 왔던 무언가를 바꾸기 위해 떠났다. 내가 알면 안 된다고 생각했던 무언가를. 하지만 어쨌든 나는 지금 여기 와 있다. 아버지 없이 혼자의 힘으로.

"힘내. 거의 다 왔어."

지이가 말했다. 내 손을 꼭 잡고, 두툼한 장갑 너머로 내 손가락을 지그시 눌렀다.

언덕 꼭대기에 올라서니 사방이 훤히 내려다보였다. 저 아래 나무가 모두 보였다. 나는 그곳에 서서, 잎사귀가 떨어진 채 나를 향해 위로 솟아 있는 나뭇가지들을 내려다봤다. 나무들은 하나같이 창백하고 연약해 보였다. 내가 지금껏 만든 나무들은 저런 연약함을 전혀 닮지 않았다.

다리를 재빨리 놀려 언덕 아래로 내려갔다. 그 움직임은 내게 시동을 걸어 준 것 같았다. 내가 언덕 아래쪽에 도착하자, 눈이 다시 내리기 시작했다. 나는 잠시 서 있었다. 길게 자란 나뭇가지에서 약 3미터 떨어진 곳에서, 나뭇가지가 바람에 춤추고 하얀 눈송이가 떨어지는 모습을 가만히 지켜봤다.

나는 한 발작 앞으로 발을 내디뎠다. 여러 발작 더. 그러고 나니, 가느다란 줄기를 만지기에 충분히 가까워졌다. 약한 나무껍질. 나는 장갑을 벗고 소매를 팔꿈치까지 걷어붙였다. 그러고는 나무에 손을 대고, 손가락으로 천천히 나무껍질을 매만져 봤다.

나무껍질이 가루처럼 느껴졌다. 하지만 그 아래에는 미끈하고 매끄러웠다. 색은 푸르스름한 하얀색이고, 검은 돌기는 눈동자 같았다. 나무를 눌러 보니, 곧장 되밀렸다.

나는 좀 더 가까이 다가갔다. 후드를 벗고, 얼굴을 나무에 대고는 냄새를 맡고, 혀로 맛을 봤다. 내 입술에 눈이 녹아났다.

나는 이 나무에서 저 나무로 발걸음을 옮기고, 손을 움직였다. 마치 나무들이 절대 달아나지 못하게 하려고 하는 것처럼….

나는 부츠 뒤꿈치로 눈을 파고는 나무가 땅속에 묻혀 있는 곳을 살펴봤다. 얼음 아래에 잎사귀들이 보였다. 어떤 것은 황금색, 어떤 것은 노란색, 대부분은 검은색이었다. 잎사귀들은 함빡 젖어 짓이겨져 있었다. 나는 잎사귀들을 손에 꽉 쥐고 물기를 털어냈다. 그중 하나를 깨물어 봤는데, 잘 씹히지 않았다. 마침내 나는 무릎을 꿇고 울음을 터트리고 말았다.

지이는 숲 가장자리에 앉아 나를 바라봤다. 내가 울음을 그치

자, 지이는 진창과 나뭇가지를 헤치고 내 곁으로 다가와 내 옆에
무릎을 꿇었다.

"후드 올려. 안 그러면 얼어 죽어."

지이가 말했다.

내 얼굴은 콧물 범벅으로 축축했다. 나는 쌓인 눈으로 얼굴을
닦았다.

"내가 생각했던 것과 전혀 닮지 않았어."

내가 말했다.

"나도, 마찬가지야."

"여기 얼마 동안 있었어?"

"일주일 정도."

"이제 익숙해졌어?"

"어느 정도는."

"난 익숙해지고 싶지 않아. 절대로."

내가 말했다.

"하지만 봄을 생각해 보라고. 잎사귀들이 다시 초록색이 될 거
야. 계절이 돌아올 거야."

"그래."

내가 말했다. 계절. 그건 내 전공이다.

나는 숲을 바라봤다. 그곳 숲 한가운데에, 공터가 있었다. 나는
일어서서 그쪽을 향해 비틀비틀 나아갔다.

"이곳에서 나무를 가져갔어. 이곳에, 그들이 정말로 원하던 나무가 있었지."

지이가 나를 따라오며 말했다.

"그게 뭔데?"

"사과. 사과나무. 바로 여기에 있었어."

나는 공터 주위로 손발을 마구 휘저었다. 하지만 내가 볼 수 있는 건 얇은 가지, 달빛을 받은 낡은 진주처럼 지저분하고 오래된 하얀색 나무껍질뿐이었다.

"가져갔어. 모두 뽑아 갔어. 융합할 준비가 되었지."

지이가 말했다.

"너도 봤어? 사과?"

"이곳은 너무 북쪽이야. 창조자가 그러는데, 성장하는 계절이 너무 짧대. 몇 년 전에, 본토에 나무를 가져가 유리 건물 안에서 키웠대. 하지만 메뚜기 떼가 옥수수 밭의 거처를 떠나 이주했대. 메뚜기 떼가 유리를 뒤덮고 태양을 가렸어. 구멍을 내고는 안으로 비집고 들어갔어. 그래도 메뚜기 떼가 저들이 만든 새로운 나무를 먹어 치우지 못했어. 옥수수처럼 그 안으로 구멍을 파고 들어가지 못했지."

지이가 몸서리치며 말했다.

"그래서 젠텍이 이제 우리에게 사과를 팔게 되겠구나. 나무들도."

"모든 사람들이 사려 하겠지."

지이는 어깨를 으쓱해 보였다. 그러고는 내 얼굴 표정을 살폈다.

"왜? 난들 이렇게 되고 싶었던 건 아니야. 그냥 이렇게 됐을 뿐이라고."

"네가 왜 신경 쓰는데? 너는 승리하는 쪽 편이잖아."

"어느 쪽도 없었어, 반얀. 젠텍은 시온을 찾아다니지도 않았어. 그저 이야기를 만들어 내 모두를 속였던 거라고. 자신들한테 필요한 것을 만들면서 말이야."

"섬에 나무들이 더 있어? 다른 것들도 자라고 있어?"

지이는 내 머리에 후드를 씌워 주고는, 후드를 꼭 여몄다. 우리는 가까이 섰다. 지이의 폐가 삐걱거리며 덜거덕거리는 사이, 내 얼굴에 지이의 따뜻한 숨결이 느껴졌다.

"이게 다야. 마지막 숲."

지이가 말했다.

이것이 다였다. 남아 있는 마지막 사과. 그런데 놈들은 이미 마지막 사과나무를 뽑아 버렸다. 이제 나는 충분히 큰 배란, 놈들이 필요로 하는 사람들을 모두 태울 수 있을 정도로 큰 배를 의미한다는 걸 알게 되었다. 이것이 대량으로 자행되는 냉혹한 살인이라는 것도 알았다.

아버지는 잡혀 오지 않았다. 하지만 얼마나 많은 사람들이 잡혀 왔을까? 얼마나 많은 엄마와 누이와 남편과 아내가 잡혀 왔을까? 그 사람들 모두 누군가에 속하는 사람이 아니던가? 보호를 받아야 할 사람들이 아니던가?

나는 지이에게서 떨어져, 나뭇가지 위에 손을 대고 몸을 기대었다. 나뭇가지를 올려다보고 눈을 감았다.

40번 도로에서 반쯤 잡아먹힌 남자를 떠올렸다. 죽은 가족들을 태우고 집으로 가려 했던 남자. 나는 하비스트 수송선에서 잃어버린 얼굴들을 봤다. 베가에서 불타던 사람들. 살은 화염에 내던져졌다.

나는 조본이 플라스틱 제어장치 위에서 죽은 채 널브러져 있던 모습을 떠올렸다. 히나는 굶주린 메뚜기 떼에 잡아먹혔다. 나는 진흙 구덩이에서 죽음의 손가락을 생각했다. 그리고 내 팔에 안겨 죽은 라스타 노인을 생각했다. 피부와 나무껍질, 옹이투성이의 축 늘어진 노인.

너무나 많은 죽음. 너무나 많은 심장이 돌로 바뀌었고, 수많은 날들이 빼앗겼다. 살아 있는 최후의 생명들. 우리는 그저 서로 조각조각 잡아 뜯기고 있었다. 다시는 완전하게 되돌려질 수 없었다.

여기서 끝이다. 나는 스스로에게 맹세했다. 여기서 끝나야만 한다. 나는 아버지가 돌아온 게 옳은 결정이라는 걸 알았다. 비록 나를 뒤에 남겨 둬야 했을지라도. 아버지가 젠택을 도와 시작했던 이 지옥과도 같은 짓거리를 멈추려고 노력한 것은 옳은 결정이었다. 내가 나무 기술자였기에 여기까지 올 수 있었다. 때로는 싸움꾼이 되어야 한다. 때로는 싸워야 한다.

"가서 크로우를 빼내야 해."

내가 말했다.

"크로우? 크로우가 여기 있어?"

지이의 목소리가 공기 중에 구멍을 뚫었다.

"그래. 네가 크로우를 알아보지 못할 수도 있어. 하지만 여기 있어."

"다른 사람들은? 네가 아는 사람들이 있어?"

"아니."

내가 말했다. 나는 알파에 대해 지이한테 말하지 않았다. 하지만 알파를 생각하는 것만으로도 가슴이 아팠다. 알파를 잃을지도 모른다는 두려움은 너무나도 깊게 박혀서 도저히 떨쳐 낼 수 없었다.

하지만 알파는 나를 믿었다. 나는 그 믿음을 간직했다. 그리고 그 믿음이 나를 더 강하게 해 주었다. 이제 나는 그 어느 때보다 더 강해져야 했다. 내가 무엇을 하려는지 알았으니까. 아버지가 시작한 일을 내가 끝마쳐야 했다. 그러니 내게는 알파가 무척이나 절실했다.

반란을 위해서.

49장

하얀 나무는 암흑기 이전에 서쪽 전역은 물론이고 지금 단층으로 변한 곳 너머까지 자랐다고 지이가 말해 줬다. 예전에는 '포플러스'라고 불렀다고 한다. 미국 사시나무[Populus tremuloides] 또는 사시나무[Quaking Aspen]라고도 불렀다. 당시에는 사람들이 제각각 두 개의 이름을 붙여 줄 정도로 주변에 아주 흔한 나무였다.

하지만, 사과나무는 암흑기 이전에도 드물었다. 산악 지대에서만 자랐다. 말루스 시에베르시(Malus sieversii). 야생 사과의 일종으로, 오랫동안 품종이 달라지지 않았다. 사람들이 품종을 개량하기 전까지는.

하지만 이곳 약속의 섬, 얼어붙은 쓰레기 더미 위에서, 나무는 이름이 필요 없었다. 그것은 그저 세상에 남아 있는 전부였다. 그날 밤, 지이가 요원들에게 크로우를 데려와 의식을 되찾게 하고 난 뒤, 나는 크로우에게 진짜 나무를 보여 주러 데리고 갔다.

청명한 밤은 아니었다. 달빛도 없고 별도 없으니 왠지 더 추운 느낌이었다. 크로우를 담요로 여민 뒤, 담요를 내 어깨 위에 들쳐 매고 단단히 묶었다. 나는 온 힘을 다해 언덕으로 올라갔다. 천천히, 하지만 쉬지 않고 올라갔다. 산마루 꼭대기는 너무 어두웠다. 저 아래 펼쳐진 나뭇가지들이 보이지 않았다.

"조금만 기다려요. 얼마 안 남았어요."

나는 어깨 너머로 말했다.

눈은 이제 얼음이 되었다. 나는 언덕을 미끄러져 내려갔다. 마침내 우리는 바닥까지 쭉 내려갔다. 숲의 가장자리에 이르러, 담요를 펼치고 크로우를 내려놨다. 크로우를 똑바로 잡고 후드를 벗겼다. 어둠 속에서 우리의 숨은 김이 되었다.

"좀 더 가까이."

크로우가 중얼거렸다. 나는 좀 더 가까이 가게 해 주었다.

"나를 저기에 기대게 해 줘."

크로우가 말했다. 나는 크로우가 균형을 잡게 해 주었다. 그래서 크로우는 자기 손으로 나무를 붙잡을 수 있었다.

"더 깊숙이 들어가고 싶어요?"

내가 물었다.

"아직은 아니야."

나는 낙엽을 조금 파내 크로우에게 보여 주었다. 하지만 크로우는 그저 손가락 사이의 나무껍질만 물끄러미 쳐다볼 뿐이었다. 너무 어두워 거의 분간할 수 없었지만, 분명 크로우가 울고 있는 것 같았다.

"난 준비됐어."

마침내 크로우가 말했다. 나는 크로우를 안은 채 숲을 헤치고 천천히 앞으로 나아갔다. 나무들로 둘러싸인 중앙 공터에 이르러, 나는 자리에 앉아 잠시 숨을 돌렸다.

"나를 데리고 와 줘서 고마워, 반얀."

크로우가 말했다. 이제 크로우의 목소리는 달라졌다. 그래서 더 이상 웃음을 터트릴 것 같은 소리는 들리지 않았다. 오히려 다시는 웃지 않을 것처럼 들렸다.

"저것들이 뭐라고 생각해요?"

내가 물었다.

"난 저것이 시온이라고 생각해. 살아갈 가치가 있는 것이지. 네가 나를 자동차에서 끌어내지 않았다면, 난 이곳에 있지 않았을 거야."

"우리가 저것들을 구할 수 있다고 생각하는데요."

난 이렇게만 말했다.

"아니. 나무한테는 우리가 필요 없어."

"아니요, 필요해요. 나무가 우리를 필요로 한다고요. 그리고 사람들한테는 더더욱 우리가 필요해요. 우리가 하지 않으면, 젠텍이 사람들을 모조리 죽일 거예요. 그래야 나무를 모두 차지할 수 있으니까요."

"놈들은 암흑기 이래로 사람들을 죽이고 모든 걸 독차지해 왔어. 어쩌면 그전부터 오랫동안 그래 왔는지도 모르지. 달라지는 건 없어."

"놈들보다 우리 숫자가 훨씬 많아요."

"우리라고? 이 쇼를 이끄는 게 네 엄마라고 말하지 않았나?"

"그 여자는 우리 엄마가 아니에요. 아무것도 아니라고요. 우리가 포로들을 풀어 줘야 해요. 그러면 우리가 저것을 차지할 수 있어요."

나는 나무들을 가리켰다.

"이 나무들 말고요. 놈들이 만들고 있는 새로운 나무들 말이에요. 우리는 그 나무들을 손에 넣을 수 있어요. 배도 차지할 수 있어요. 본토로 갈 수 있다고요."

"본토라고? 단층을 말하는 건가? 난 남쪽 끝에서부터 그 용암 지대를 봤어."

크로우는 고개를 천천히 저었다.

"우리는 이곳으로 잡혀 왔다고요. 돌아가는 방법이 분명 있을 거예요."

"우리가 용암을 통과하는 방법을 찾아내, 어쨌든 본토로 돌아갔다고 치자. 메뚜기 떼는 어떻게 할 건데? 나는 이 나무들은 다를 거라고 언제나 믿어 왔어. 하지만 메뚜기 떼로부터 멀리 떨어져 있으니까 이만큼 살아 있는 거라고."

"놈들이 만들고 있는 새로운 나무는 달라요. 젠텍은 메뚜기 떼가 건드릴 수 없도록 나무를 만들었어요. 먹어 치우지도, 그 안에서 보금자리를 짓지도 못한다고요. 인간과 나무를 섞어서 메뚜기 떼가 접근하지 못하게 과학적으로 만들었다고요. 놈들이 이렇게 많은 포로들을 모아 놓은 것도 바로 그 때문이에요. 그래서 이 새로운 나무들을 만들고, 모든 곡식을 심을 수 있게 했다고요."

"우리 숫자가 많을지도 몰라. 하지만 놈들은 포로들에게 약을 먹여 재워 놨어."

크로우가 조용하게 말했다.

"그래요. '수면 상태'라고 지이가 부르더군요. 일종의 준비 단계겠죠. 40시간 이상 괜찮대요. 그러고는 융합이 시작돼요."

"그래서, 너는 어떻게 하고 싶은 건데?"

크로우가 물었다. 크로우의 눈은 어두운 밤을 뚫어져라 바라봤다. 마치 무언가를 파내고 있기라도 한 것 같았다.

"사람들을 전부 깨우고 싶어요."

크로우는 그 순간 웃음을 터트렸다. 크로우의 웃음소리가 예전으로 돌아와 있었다.

"전부 깨운다고?"

"모든 수단을 다 써 봐야지요, 어쩌겠어요. 당신이 말한 것처럼, 난 이곳과 연관이 있어요. 그 여자. 창조자. 난 그 여자를 주무를 수 있다고요. 쓸 수 있는 카드를 모두 쓸 거예요."

"그럼, 네 아버지는?"

"아버지도 여기 있어요. 여기 어딘가에. 아버지도 구할 거예요."

나는 목소리를 차분하게 유지하려 애썼다.

"넌 그 모든 걸 원하는구나."

"놈들은 사과나무를 만들고 있어요, 크로우."

"사과?"

"그중 한 그루를 '폭포 도시'에 가져간다고 상상해 봐요."

"탕자로군. 약속의 땅에 돌아와 모두 훔쳐 갔지. 글쎄, 내가 언제나 말한 것처럼, 반얀, 넌 정말 미친 개자식이야. 야훼께 맹세코, 넌 정말 미쳤어."

크로우가 조용히 말했다.

얼어 죽기 전에, 나는 건물 안으로 돌아왔다. 크로우가 자기 방에서 쉴 수 있게 해 주었다. 그러고는 내가 처음 깨어났던 그 자그마한 방으로 돌아왔다. 어질러진 실험실과 어둠을 뚫고 나아갔다. 방 안으로 밀고 들어가, 문을 꽉 닫아 버렸다.

나는 침대에 누워, 부드러운 담요로 몸을 감쌌다. 머지않아 추위에서 벗어나 잠이 들었다. 하지만 이내 창조자가 방 안에 들어와 있었다. 그저 쑥 나타났다.

창조자는 내 머리에 손을 얹고, 내 울퉁불퉁한 머리를 쓰다듬었다. 내가 잠들어 있다고 창조자가 생각하게 내버려 두었다. 손이 내 머리를 살짝 끌어당겼다. 자그마한 소리가 나른하게 들렸다.

결국, 나는 눈을 뜨고 창조자를 올려다봤다. 나는 뒤로 주춤 물러났다. 창조자가 내 옆에 앉을 때, 나는 얼른 몸을 피했다.

"네가 매우 보고 싶었어."

창조자는 내 머리 바로 위에서 속삭였다. 목소리가 제멋대로 뛰었다. 마치 그 말이 내게 닿지 못하도록 하려는 것처럼, 나는 고개를 가로저었다.

"당신은 한 번도 날 보러 오지 않았어요."

"가려 했어, 반얀. 젠텍이 가지 못하게 했어. 내가 딴 데 마음 쓰는 걸 원치 않았어."

창조자는 잠시 말을 잊었다.

"내가 일을 그만두려 했을 때, 이곳을 떠나려 했을 때, 저들은 너와 네 아버지가 죽었다고 말했어."

"거짓말이에요. 난 아무것도 기억 못해요. 당신이 날 안아 준 것도 기억하지 못해요."

내가 창조자에게 말했다.

창조자의 몸이 내 곁에서 바짝 긴장했다. 나도 내가 긴장했다는 걸 알았다.

"네가 너무 어릴 때 네 아버지가 널 데려갔어."

"그러니, 당신은 나를 절대 몰라요."

"난 네가 이곳에 있는 걸 상상하곤 했어. 네가 자라는 모습을 상상하곤 했어. 우리가 함께 읽을 수 있었던 책을 생각했어."

"아버지가 언제나 책을 읽어 주었어요."

내가 말했다.

"정말?"

창조자의 목소리에는 간절함이 배어 있었다. 창조자의 앙상한 팔이 나를 감쌌다.

"그래요. 루이스와 클라크."

"네 아버지는 탐험가 이야기 읽는 걸 무척이나 좋아했어. 글쎄, 뭔가 읽을 수 있는 게 있었다니 정말 기쁘구나. 이곳에서는 5년 동안 책을 보지 못하게 했어. 책을 읽으면 생산성이 떨어진다고 했어."

"난 아직도 모르겠어요. 당신이 무슨 일을 하는지."

창조자는 뭔가 말하려 했지만, 나는 말을 끊었다.

"당신은 내가 그리웠다고 했어요. 하지만 당신은 나를 제대로 알지도 못하잖아요."

나는 침대에 앉았다. 그래서 창조자를 똑바로 쳐다볼 수 있었다.

"우리는 친해질 수 있어."

창조자는 자그마한 목소리로 말했다.

"내가 왜 그래야 하지요?"

"내가 네 엄마니까."

창조자는 단호하게 말하려 했지만, 간청하는 것처럼 들렸다.

나는 기다렸다. 나는 창조자의 은빛 머리카락이 얼굴을 가리고 있는 모습을 지켜봤다.

"당신을 위해 나무를 만들어 줄 수 있어요."

내가 말했다. 이 말에 창조자는 깜짝 놀랐다. 그것은 가장 그럴 듯한 거짓말이었다. 창조자의 눈동자가 커지고 입술이 떨렸다.

"그러니, 당신이 하는 일을 내게 보여 줘요. 내가 이곳에서 내가 배를 타고 떠날지 말지 결정하는 데 도움을 줘요."

"난 너를 이곳에 둘 수 있어. 내가 원한다면."

"하지만 그러지 않겠죠? 내가 머무르고 싶어 하지 않는다면요. 지이는 분명 당신이 좋은 엄마라고 생각해요. 하지만 난 지이랑 달라요. 내가 이곳에 눌러 있기를 원한다면, 내 마음을 돌이켜야 할 거예요."

"그래서 네가 나를 위해 나무를 짓겠다고?"

"물론이지요. 우리 아버지를 보고 나서 바로요."

내가 말했다.

"볼 수 없어. 지금 당장은."

창조자는 잠시 말을 더듬었다.

"네 아버지는 바쁘셔."

"갇혀 있느라 바쁘다고요?"

"간단한 문제가 아니야."

"나한테는 무척 간단하게 들리는데요. 아버지가 당신 실험을 중단시키려 하자, 당신이 아버지를 가둔 거잖아요."

"어쨌든 네 아버지가 지금껏 살아 있는 건 다 내 덕분이야."

나는 고개를 저었다. 더 이상 말하고 싶지 않다는 듯이.

"그렇다면, 내일 밤 내가 너를 데려다 줄 수는 있어."

창조자가 말했다.

나는 잠시 아무 말도 하지 않았다. 그저 하루만 더 있으면 되었다. 그리고 나는 이것을 제대로 해내야 했다. 그러니, 내가 어떤 선택을 할 수 있었단 말인가?

"아침에 제일 먼저 금속 조각들을 모으기 시작할 거예요. 섬에는 금속이 널려 있어요. 내게 필요한 조각들을 파낼 수 있어요."

내가 말했다.

"좋아, 어디에 만들 건데?"

"당신 숲 한가운데예요."

"우리가 벌채한 곳 말이니?"

"그래요. 당신이 만들어 놓은 공터를 제가 채울 거예요."

"난 우리가 진행하고 있는 진보를 너한테 보여 줄 수 있어."

"난 그저 아버지를 보고 싶을 뿐이에요."

"보게 될 거야."

"그런데, 한 가지 더 있어요. 내 친구. 여기서 휴식을 취하고 있는 사람. 난 당신이 나를 위해 내 친구를 고쳐 주었으면 해요."

창조자는 몸을 숙여 내 이마에 입을 맞추었다. 나는 얼른 가짜 미소를 지어 보였다. 그러고는 몸을 뒤로 뺐다.

"최선을 다하지."

창조자가 몸을 일으키며 말했다. 장담하건대, 그런 방긋 웃음은 창조자에게 자연스러워 보이지 않았다. 그런 미소를 자주 지어 본 것 같지도 않았다.

"평생 동안, 나는 세상을 제대로 고치려고 노력해 왔어. 그게 바로 내가 정확히 알고 있는 유일한 일이야."

창조자가 문을 향해 걸어가며 말했다.

이윽고 방을 나갔다. 나는 자리에 누워, 내 기억이나 아버지를 통해, 아니면 히나나 지이를 통해, 어쨌든 나의 일부가 이 여인을 알고 있었는지 곰곰 생각해 봤다. 이 여인의 일부, 그리고 이 여인이 알고 있던 모든 것이 내 안에 존재했었는지 생각해 봤다. 우리가 그 수송선 안에 처박혀 있었을 때, 내 총이 하비스트의 머리를 겨누고 있었을 때, 히나가 내게 해 준 말이 문득 떠올랐다.

놈들은 사람을 복제할 수 있다고 했다. 하지만 마음은 복제할 수는 없다고 했다. 그렇다면, 살과 피는 복제할 수 있는 것 같았다. 하지만 바로 그곳에서 수혜는 끝난다. 그리고 그곳에서 부채도 끝난다.

나는 마침내 잠이 들었다. 알파 꿈을 꿨다. 알파의 피부는 진짜처럼 느껴지고, 눈은 반짝였다. 알파가 나를 찾으러 평원을 가로질러 달리느라 땀을 흘리고 있었다. 알파의 뾰족한 머리카락은 거대한 노란 달을 배경으로 실루엣으로 보였다.

넌 잊었어.

알파는 내게 눈으로 말하고 있었다. 왜냐하면 입술은 움직이지 않았으니까. 알파의 입 위로 분홍색 나무껍질 조각이 기워져 있었다. 알파의 신음 소리 너머로 아무것도 들을 수 없었다. 이와 혓바닥을 찾을 수 없었다. 그래서 어깨, 다리, 머리 뒤, 배 위의 나무껍질, 그리고 마침내 입술이 있어야 할 자리에 입을 맞추었다. 하얀 눈이 내리기 시작했다. 나는 발가벗은 채 밖으로 달려 나갔다. 알파의 몸을 언덕 위로 끌고 가, 알파에게 나무를 보여 주었다.

봐.

하얀 숲을 가리키며 나는 계속 떠들었다.

우리가 드디어 해냈어.

하지만 내가 뒤돌아 알파를 바라봤을 때, 알파는 사라지고 없었다. 알파가 있던 곳에 160킬로미터 높이로 금속 옥수수 밭이 서 있었다. 옥수수 안에는 사과나무가 있었다. 그리고 아무도 나무를 원하지 않았다.

사람들은 모두 사과를 원했다.

50장

"뭐 하고 있어?"

지이는 내가 숲 한가운데에서 꽁꽁 언 땅을 마구 파헤치는 것을 보고는 물었다.

"파내고 있지. 이 아래 1.6킬로미터 높이의 나무를 만들 수 있을 만큼 충분히 많은 주석과 파이프가 있어."

내가 대답했다.

"나무를 만든다고?"

지이가 후드를 벗었다. 나는 지이의 얼굴 표정을 볼 수 있었다.

"무엇 때문에 나무를 만드는데? 여기 우리한테 필요한 나무가 다 있잖아."

지이는 숲을 가리키며 물었다.

"글쎄, 지이. 난 나무 기술자야. 언제나 그럴 거야. 내 생각에, 넌 대단하거나 아무것도 아니겠지."

"간단하네, 응?"

"물론. 멋지고 간단하지."

"넌 네가 무엇을 할 수 있는지 보여 주고 싶은 거로구나. 창조자에게 보여 주고 싶은 거야, 그런 거야?"

내가 땅 파는 곳 가까이 다가오며 지이가 말했다.

"글쎄, 내가 그 여자한테 뭔가를 보여 주면, 그 여자도 나한테 뭔가를 보여 줄 거야."

"넌 뭘 보고 싶은 건데?"

"우리 아버지. 내가 찾으러 여기까지 온 바로 그 사람."

내가 대답했다.

"아버지를 보고 싶은 건 확실해?"

"왜? 네가 우리 아버지한테 나를 데려다 줄 수 있어?"

"창조자만 할 수 있지."

나는 지이를 살펴봤다. 그 아름다운 얼굴. 세상이 이 아름다운 얼굴을 본 것이 세 번째였던 것 같다. 원래의 것은 나이가 들었지만, 두 번째 것은 그러지 못했다. 그리고 이제 곧 지이가 반짝반짝 빛날 차례였다.

어쨌든, 지이의 폐가 계속 움직이는 한 말이다.

지이는 내 가족이다. 내 핏줄이다. 하지만 지이를 조금도 신뢰할 수 없었다. 지이는 언제나 나랑 가깝게 지내고 싶은 듯 굴었다. 하지만 집시의 텐트에서, 지이는 나를 구하기 위해 애썼을 수도, 아니면 그저 자신의 동맹자를 바꾼 것일 수도 있다. 어느 쪽인지 모르겠다. 그럼에도 불구하고, 지이는 이곳 약속의 섬에서 진행되는 일에 정말 익숙해 보였다. 그럴 수도 있다고 생각했다. 나는 지이가 온몸이 멍든 채, 프로스트의 집에서 잠자고 있는 모습을 발견했던 그날 밤을 떠올렸다. 얼마나 오랫동안 지이는 그렇게 살아왔을까? 얼마나 오랫동안 프로스트에게서 고통을 받아 왔을까? 아버지가 히나를 뒤에 남겨 두고 떠나왔기 때문이었다.

나는 지이를 데리고 갈 것이다. 나는 그렇게 결심했다. 하지만 지이는 아직까지 내 결심을 알 수 없었다.

"가까이 붙어 있어, 동생. 너도 알아야 할 게 있어."

내가 눈 덮인 땅에 삽을 다시 집어넣으며 말했다.

"동생이라고? 음, 그렇다면, 내가 좀 도와줄까?"

지이는 내게 이상야릇한 웃음을 지어 보였다.

지이는 요원들을 데리고 왔다. 열두 명. 요원들은 후드를 쓰고 자주색 솜털에 푹 파묻혀 도착했다. 하지만 내가 일을 시키자 옷을 벗었다.

유니폼을 벗으니, 요원들은 그저 평범한 인간이었다. 그저 아무도 아니었다. 그저 누군가였다. 남자와 여자. 늙은이와 젊은이. 얼굴이 똑같이 생기지도 않았다. 그렇다면 왜 똑같은 옷을 입고 있는 거지? 왜 누군가의 계획을 위해 자신들을 팔고 있는 걸까?

나는 그들이 연약하기 때문에 그렇다고 추측했다. 대부분 살아 가면서 하루가 꼬박 걸리는 일을 해 본 적이 없었다. 방아쇠 뒤 에서 사람들을 이리저리 몰아대는 데만 이용됐다. 무언가를 창 조하는 데 이용된 적이 없었다. 무언가를 만드는 고단한 일, 하 나에서 다른 무언가로 바꾸는 힘든 일은 해 본 적이 없었다.

요원들의 매끄러운 피부는 유리 섬유로 된 삽 위에서 금세 물 집이 잡혔다. 요원들은 착압용 드릴을 원했다. 내 금속 조각을 곧장 폭파시키기를 원했다. 나는 그들에게 그렇게 하면 폐품이 산산조각 날 거라고 알려 주었다. 말은 그만하고 땅이나 더 파라 고 말했다.

저녁이 되어, 나는 알루미늄 파이프 여러 개, 휠 캡 몇 개, 병과 캔, 두툼한 케이블 한 타래, 플라스틱 파이프, 금속 드럼을 갖게 되 었다. 더불어 낡고 녹슬었지만 제법 크고 멋진 철판 하나까지….

완벽하다.

"내일 만들 거야."

숲을 지나 되돌아오며, 내가 지이에게 말했다.

"불도 밝힐 거야?"

"물론, 네가 발전기를 가져다준다면 LED도. 하지만 무엇보다 연료가 필요해. 연료가 넉넉하면 좋겠어."

내가 지이에게 말했다.

나는 날이 어둑해질 때 건물로 되돌아왔다. 창조자는 크로우의 방 밖에서 나를 기다리고 있었다.

"성공이야. 적어도 난 그런 것 같아. 보통 약간의 이식만으로도 고칠 수 있지. 하지만 팔다리를 모조리 바꾸는 시도는 처음 해 봤어."

창조자의 회색 눈은 피곤했지만 밝아 보였다.

나는 창조자가 자신의 과학으로 사람들을 고치는 사람인가 잠시 궁금했다. 내 말은, 이곳에서 사람들을 이어 맞추는 게 유용하다는 게 입증되었다. 덕분에 알파를 구할 수 있었다. 그리고 어쩌면 이것이 한때 라스타 노인을 살렸을지도 모른다. 아버지가 그 멍청이를 자유롭게 해 주기 전에 말이다.

"그러니까, 제대로 됐다는 거죠?"

내가 물었다.

"성공한 것 같아. 네 친구가 깨어나 보면 알겠지. 나는 증식을 자극했어. 세포가 알아서 마법을 부렸지. 하지만 이 신경 시스템이 계획과 부합할지 아닐지는, 글쎄, 네 친구가 다시 깨어나면 확인할 수 있겠지."

"얼마나 걸리는데요?"

"아침까지 잠을 잘 거야. 그런데 너는 어때, 반얀? 오늘 어땠어?"

"알게 될 거예요. 내일. 다 만들고 나면. 하지만 오늘 밤에는 우리 아버지를 보러 갈 거예요. 괜찮지요?"

창조자는 웃으며, 내 어깨에 손을 얹었다. 그러면서 나를 어색하게 어루만졌다.

"이리 와, 내 작품을 보여 줄게."

창조자가 말했다.

창조자는 나를 데리고 눈길을 헤치며, 둥근 지붕을 지나 커다란 벙커 위로 갔다.

"이곳이 우리 중심 시설이야. 우리가 '수면 상태'를 행하는 곳이지. 이곳에서 융합을 시작할 거야."

하얀 눈길을 지나며 창조자가 말했다.

창조자는 플라스틱 태그를 툭 쳤다. 그랬더니 강철 문 두 세트가 열렸다. 우리는 커다란 방 안으로 들어갔다. 거기에 환한 조명, 그리고 몸뚱이가 있었다.

인간의 몸뚱이들.

모두 쭉 뻗어 있었다. 머리에서 발끝까지, 옆으로 나란히. 눈은 감겨 있고, 얼굴은 잠에 빠져 있었다. 모두 벌거벗은 상태였다. 팔다리는 창백하고 이리저리 흔들렸다. 팔은 케이블에 감겨 있고, 케이블은 천장에 매달린 커다란 자주색 탱크로 이어졌다.

나는 몸뚱이들을 자세히 훑어봤다. 알파일 수도 있는 얼굴을 바라봤다. 알파가 그곳 어딘가에 있다는 걸 알았으니까.

"네가 무슨 생각하는지 알아."

창조자가 윙윙거리는 기계 소리 너머로 목소리를 높여 말했다.

"하지만 우리는 죽이는 게 아니야. 바꾸고 있는 거야. 사실, 영원한 생명을 제공하는 거지."

"어떻게요?"

나는 알파를 찾을 시간을 벌려고 물었다.

"우리는 저들을 대단하게 만들 거야, 반얀. 저들은 완전히 새로운 종의 시조가 될 거야. 메뚜기를 견디는 종. 그리고 저들은 자가 번식도 가능해. 이 섬의 하얀 나무들이 수세기 동안 그래 왔던 것처럼, 무성생식으로 번식하는 거지. 동일하게 공유하는 근계[root system]를 지닌 새로운 식물. 일단 본토에 심기 시작하면, 유기체는 계속 자랄 거야. 보이지? 우리는 이 하나하나의 몸뚱이한테 번식의 기회를 제공해 주지. 영원토록, 끝없이 이어질 숲의 일부로서 말이야."

나는 인간의 피부로 이루어진 밭을 물끄러미 바라봤다. 이것은 곧 잎사귀와 나무가 될 것이다. 나는 '공장'의 불구덩이를 생각했다. DNA가 젠텍에서 필요로 하는 것과 일치하지 않는다는 이유로, 살이 화염 속으로 내던져지는 모습을 떠올렸다. 그렇다면, 살에게는 영원한 삶은 주어지지 않았다. 재 안에서 살 수 없다면 말이다.

"당신이 원하는 몸뚱이들을 그저 복제할 수는 없나요?"

"유전자 풀은 다양성을 필요로 해. 우리는 옥수수 단백질 세트를 일치시켜야 했지. 하지만 지금은 더 많은 변형을 섞어. 우리는 더 좋아질 수 있어."

나는 계속해서 얼굴들을 훑어보았다.

"그렇다면, 왜 저렇게 잠자고 있는 거죠?"

"저 위."

창조자는 천장에 달린 자주색 물통을 가리켰다.

"저건 공급 장치야. 저들이 견뎌 낼 수 있고, 몸이 튼튼해지는 데 필요한 것을 전부 제공하고 있어. 세포를 준비시키는 거야. 내일, 우리는 용액을 집어넣을 거야. 융합을 위해 준비하는 거지. 그리고 나면 곧, 저들은 더 이상 단순히 인간이 아니야."

나는 창조자를 물끄러미 바라봤다. 창조자의 얼굴은 자부심으로 빛났다.

"완전히 새로운 종의 첫 수확. 본토에 심을 준비가 된 나무들. 하얀 나무처럼 되살아나지만, 우리 사과나무처럼 열매를 자라게 할 거야. 그리고 이제…."

창조자는 내 손을 잡으며 말했다.

"그 근원을 너에게 보여 줄 시간이 되었군."

51장

    창조자는 둥근 지붕을 '과수원'이라고 불렀다. 그곳은 사람의 몸뚱이로 가득 찬 벙커에 비해 자그마하고 조용했다. 창조자는 플라스틱 열쇠로 강철 문을 열었다. 안으로 들어서자, 꿈에서 보았던 희미한 무언가가 보였다.

    내가 비틀거리자 창조자가 나를 붙잡아 주었다. 나는 창조자를 밀쳐 냈다. 내 자신을 추스르려 했다. 하지만 자꾸만 무너져 내렸다. 진흙 구덩이 속에서 앓아누웠을 때처럼, 현기증이 일었다. 이상 고열로 가득한 무언가가 내 마음을 파고들었다.

    창조자의 말이 들렸다. 내게 뭐라고 말하고 있었다. 무슨 일이 진행되고 있는지 설명하고 있었다. 하지만 그 남자를 우리 아버지라고, 또는 그것과 비슷한 무엇이라고 부르지는 않았다. 그저 '프로듀서'라고 불렀다.

    갇혀 있다고, 지이가 말했었다. 아버지는 섬 어딘가에 갇혀 있었다. 하지만 아무도 내게 제대로 말해 주지 않았다. 누구도 이

빌어먹을 것에 대해 말해 주지 않았다.

아버지는 갇혀 있을 필요가 없었다.

아버지는 쇠사슬에 묶여 있을 필요가 없었다.

아버지는 옥수수 밭 근처에서 내 곁을 떠났다. 먼지 속으로 사라졌다. 하지만 지금, 아버지를 다시 보니, 마치 아버지가 나를 완전히 떠나가고 있는 것 같았다. 나는 그저 바라보았다. 아버지가 저 멀리 떠내려가고 있는 동안, 나는 돌처럼 굳어 갔다.

놈들은 아버지를 커다랗고 낡은 물탱크 안에 넣어 두었다. 물탱크는 황금빛으로 빛났다. 놈들이 아버지한테 무슨 짓을 했는지 제대로 설명할 도리가 없었다. 놈들이 하고 있는 짓을 제대로 설명할 방법이 없다.

나는 비틀거리며 앞으로 나아갔다. 내 안의 일부는 달려가 유리에 얼굴을 문지르고 싶었다. 하지만 나는 그저 잠자코 서서 창조자가 물탱크 쪽으로 천천히 다가가 거기에 붙어 있는 기계장치를 확인하는 모습을 물끄러미 지켜보았다.

나는 묘목 일곱 그루를 셌다.

묘목은 모두 생기 있는 초록색으로 물속에서 싹을 틔우고 있었다. 두 그루는 아버지의 다리에서 자라고, 한 그루는 손에서 자랐다. 머리에도 하나가 있었고, 배에도 하나가 있었다. 그리고 가장 작은 묘목은 가슴에서 구불구불 자라고 있었다. 심장에서 곧장 뻗어 있었다.

아버지의 피부는 초록색에 옹이가 있었다. 섬유 모양이었다. 머리카락은 가냘프고 검었다. 얼굴은 뒤엉킨 초록색 뿌리 아래에 파묻혀 있고, 입이 있었을 자리에는 묘목 한 그루가 황금빛 물속에서 위를 향해 휘감겨 올라갔다.

아버지의 눈꺼풀이 감겨 있는 게 감사할 따름이었다.

멍한 눈에는 아무런 표정이 없었다.

토할 것 같았다. 모든 것을 밖으로 쏟아 내고 싶었다. 하지만 나는 그저 좀 더 가까이 다가갔다. 바닥을 질질 끄는 내 발자국 소리가 공허하게 울려 퍼졌다. 나는 앞으로 나아가 유리 가까이 섰다. 탱크가 놓인 고무바퀴 옆에 무릎을 꿇었다.

탱크 안에 떠 있는 것을 뭐라고 부르든, 그것은 여전히 아버지였다. 어쨌든, 아버지한테 남아 있는 부분이었다. 그리고 그 여인이 말한 것이 사실이라면, 아버지는 지금 영원히 살고 있는 것일지도 몰랐다. 그저 계속 살아가는 것….

하지만 그 방식은 달랐다.

나는 눈을 감고 아버지와 내가 만들겠노라 이야기한 숲을 떠올렸다. 금속 나무와 우리 둘 만의 집. 내가 숲 한가운데에 앉아 있는 모습이 보였다. 잎사귀와 나뭇가지는 녹슬어 망가지고, 나무들은 모두 구멍이 났다. 내 손에는 우리의 낡은 책이 들려 있다. 하지만 이야기는 모두 잊었고, 이제 책장을 뜯어내고 있었다. 아버지의 옥수수 껍질 모자와 함께 책을 구겨 불태우고 있었다. 그리고 나는 더 이상 음식을 먹지 않았기에 뼈밖에 남지 않았다. 그래서 메뚜기 떼도 나를 건드리지 못했다. 결코 끝나지 않을 것 같은 밤에, 나는 아버지를 찾아 비명을 질러 댔다. 하지만 아무도 나를 만지거나 나를 보거나 내 말을 들을 수 없다.

눈을 떴다. 나는 여전히 비명을 지르고 있었다. 창조자는 나를 팔로 감싸 주었다. 모든 것이 나를 질식시키고 있는 듯 했다. 무겁고 역겨웠다. 그래서 비명을 그쳤다. 나는 그곳에 그냥 웅크리고 있었다. 조용히. 차분히. 창조자는 내게서 살며시 물러서서, 콘크리트 바닥에 앉아 나를 지켜봤다. 이 기분을 떨쳐 낼 방법을 찾아야 했다. 차분해질 방법을 찾아야 했다. 창조자 앞에서 모든 것을 제대로 해내야 했다. 전부 다 거기에 달렸다. 그게 가장 중요했다.

그래서 나는 창조자에게 말했다. 창조자가 아버지한테 한 이 모든 것이 아름답다고.

무엇이 혼란스러운지 아는가?

사실, 그 모습은 어느 정도 아름다웠다. 그 나름의 끔찍한 방식으로는. 내가 크로우에게 했던 말이 기억났다. 천국과 지옥에 대해, 어쩌면 천국과 지옥은 같은 것일지도 모른다고 했던 말. 영광과 열망. 두려움과 사랑. 모든 것이 함께 고리를 이루고 있다. 그래서 하나가 끝나고 다음 것이 시작하는 곳은 존재하지 않는다.

이윽고, 탱크 안을 들여다보며, 어쩌면 세상은 우리가 생각했던 것만큼 그렇게 생기를 잃은 것은 아닐지도 모른다고 나는 생각했다. 어쩌면 세상은 그저 잠들어 있는 것일지도 모른다. 씨앗을 기다리면서….

"액체에는 미기후가 보존되어 있어. 겨울 추위를 막아 주지."

창조자가 나를 지켜보며 말했다. 목소리는 지쳐 축 처졌다.

나는 침을 꼴깍 삼켰다. 뭔가 말을 하려 했다.

"그 사람은 안전해. 이게 바로 그거야. 테스트는 모두 완벽하게 통과했어. 메뚜기 떼로부터 100퍼센트 안전해. 전혀 해를 입지 않아. 영원히."

창조자는 자리에서 일어나 탱크 안을 바라보며 속삭였다.

나는 아버지가 그 안에서 잠자고 있는 모습을 바라보려 노력했다. 아버지의 마음은 여전히 작동하고 있다. 여전히 생각하고 있다. 꿈꾸고 있다. 어쨌든, 죽지 않았다. 사라지지 않았다.

"두뇌는 어떤가요?"

내가 나지막이 물었다.

창조자는 고개를 저었다.

"이제 인간이라기보다는 나무에 가까워."

그 말에, 비수에 찔린 듯 마음이 아팠다. 나는 그 고통을 느꼈다. 뼛속까지. 공허하다는 것을 알면 세상이, 희망이 없어 보인다. 하지만 나는 이런 고통을 도려내야 했다.

"그러면 무엇이 남는데요? 당신이 우리 아버지를 다 이용하고 나서 말이에요."

마치 고통을 쥐어짜 내려는 듯, 내 손가락에서 그것을 털어 내려는 듯, 나는 주먹을 꼭 쥐었다.

"다음 수확을 위해 재생하는 것만으로도 충분해. 네 아버지의 몸은 완벽한 번식의 토대가 되었어. 우리는 이 세포들을 인간 조직에 계속 융합시킬 거야. 우리가 다양성을 충분히 확보할 때까지 말이야."

"그리고 나서는 어떻게 되는데요?"

"그러면 내 일은 끝나겠지. 네 아버지의 일도 끝나고."

창조자는 탱크 벽에 손을 갖다 댔다. 유리에 끈적끈적한 자국이 남았다.

'과수원' 밖에서는 어둠을 뚫고 하얀 눈이 내렸다. 나는 한 대 제대로 얻어맞아 완전히 뻗은 느낌이었다. 머리가 멍멍하고 바싹 말랐다.

"미안하다. 네 아버지 일 정말 미안해. 너한테 너무 큰 고통을 안겨 줘서 미안해."

창조자가 어깨를 구부리며 말했다.

창조자는 나를 보고 미소 지었다. 처음으로, 창조자가 불쌍하다는 느낌이 들었다. 내가 어떤 느낌인지 창조자가 이해하지 못한다는 걸 알았으니까.

창조자는 이곳에서 수백 명의 희생이 뒤따르는 방법으로 해법을 찾고 있었다. 어쩌면 수천 명일지도 모른다. 그것을 어떻게 정당화하든, 내가 직접 두 눈으로 본 바로는, 세상이 지금 필요로 하는 것을 젠텍은 모두 갖게 될 것이다. 그런데 어떻게 창조자는 그것을 모를 수 있단 말인가? 어떻게 그걸 깨닫지 못할 수 있단 말인가?

우리는 후드로 얼굴을 가린 채 눈길을 밟으며 지이가 잠들어 있고, 크로우가 싸울 준비를 위해 치료받고 있는 건물을 향해 걸어갔다. 강해져야 한다, 이것이 내 스스로에게 다짐했던 말이다. 알파를 비롯해 모든 포로들을 위해. 아버지의 남은 부분을 위해. 잡혀 온 사람들을 위해. 불에 타 버린 사람들을 위해. 굶주린 싸움꾼들을 위해…. 이 섬 위에서, 우리는 사악한 무리를 파멸시킬 수 있으리라. 내가 그래야 한다면, 난 그것을 위해 기꺼이 목숨을 바칠 것이다. 아니, 살아남을 것이다. 그래서 집에 나무를 가져갈 것이다.

건물 문 앞에는 요원 하나가 지키고 서 있었다. 요원은 커다란 코트 안에 몸을 파묻은 채, 우리처럼 몸을 꽁꽁 싸매고 있었다.

"안녕하세요, 창조자님."

요원이 말했다.

"꽤 춥지?"

창조자는 전자 태그를 휘둘러 문을 열었다.

"제 걱정은 마세요, 창조자님. 저는 계절을 몹시 보고 싶습니다. 추위 따위는 문제가 안 되지요."

요원이 말했다. 문득, 그 목소리가 내 속을 후벼 팠다.

우리가 안에 들어서며 문이 다시 닫히는 사이, 나는 솜털과 젠텍 로고로 가려진 몸집 큰 요원을 뒤돌아봤다. 등에는 총이 걸려 있고, 손에는 곤봉이 들려 있었다. 다른 요원들과 다를 바가 없었다. 다만, 방금 들은, 그리고 언제나 기억하는 목소리는 달랐다. 이 요원은 평범한 요원이 아니었으니까. 내가 모르는 요원이 아니었으니까.

이 요원은 프로스트였다.

52장

　나는 잠을 자지 않았다. 크로우의 침대 옆에서 기다리며, 크로우가 다시 일어날 때까지 시간을 셌다. 놈들이 크로우의 다리에 한 조치는 피부 재생에 도움이 되었다. 온통 상처 나고 물집이 잡힌 곳에 일종의 광택이 났다. 하지만, 새로운 다리에는 문제가 좀 있었다. 온통 나무껍질로 뒤덮여 있었다. 다리가 시트 밖으로 툭 튀어나왔는데, 온통 혹과 홈투성이였다. 원래의 다리보다 훨씬 더 컸다. 크로우가 깨어나 그 다리를 사용할 수 있다면, 키가 족히 3미터는 될 것 같았다.

　크로우의 얼굴은 평화로웠다. 평생 동안 자지 못한 잠을 다 만회하는 것 같았다. 나는 거기 그대로 앉아 크로우를 바라봤다.

　"크로우."

　마침내 내가 나지막이 속삭였다.

　"왜?"

　"자요?"

"아니, 너랑 이야기하고 있지. 여기서 나를 쳐다보며 뭐 하고 있는 거야?"

크로우가 눈을 떴다.

"좀 어떤가 보려고요."

"좋아. 잘하고 있어."

"다리는?"

내가 말했다.

"괜찮아, 사용하려고 노력 중이야."

"얼마나 걸려요?"

"아주 오래. 아주 오래 걸려."

나는 크로우의 다리를 내려다봤다. 아직 실룩 움직이지도 않았다.

"한참 걸릴지도 모르겠네요."

내가 말했다.

"그래, 반얀. 어쩌면."

"이야기할 게 있어요."

"뭔데?"

"프로스트가 여기 있어요."

이 말에 크로우는 관심을 보였다. 크로우는 이글거리는 눈빛으로 나를 노려봤다.

"프로스트가?"

"네. 내가 봤어요."

"그 악당 녀석이 분명 자원을 한 모양이군."

"왜 그런 거지요?"

"나도 몰라. 어쩌면 선택의 여지가 없었을 수도. 아니면 여기 오려고 돈을 처 발랐을 수도. 내가 어떻게 그 속을 알겠어?"

"내 말 좀 들어 봐요. 우리가 그자를 이용할 수 있을 것 같아요."

그 말이 밖으로 튀어나오기 전까지는 내가 무슨 말을 하려는지 잘 몰랐다.

"프로스트를? 말도 안 돼. 프로스트는 믿을 수 없는 인간이야."

"우리가 그 사람을 믿을 필요는 없어요. 그저 잠시 동안 우리 편으로 끌어들이면 돼요."

"그러고 나서는?"

"그러고 나서 그자를 제거할 수 있어요. 단번에."

"너 참 냉정하구나, 반얀. 냉정해."

"그래요? 글쎄요, 당신은 다리가 없어요. 그리고 난 여기서 도움이 좀 필요하다고요."

"악마에게 영혼을 팔아라, 그러면. 내가 무슨 상관이람?"

"그냥 내 생각이에요."

나는 크로우를 진정시키려 했다.

"나쁜 생각이지."

"당신은 프로스트와 파트너였잖아요."

"그래서 내가 지금 어떻게 되었는지 이 꼴 좀 봐라."

"끝나는 날까지 어떻게든 해볼 거예요. 나한테 계획이 있어요. 하지만 누군가 나를 도와줘야 한다고요."

"지이한테 이야기해 봐. 지이가 도와줄 거야. 분명해."

"알았어요. 쉬세요. 다리를 움직여 봐요. 다시 와서 살펴볼게요."

"지이한테 이야기하러 갈 거야?"

"네."

이렇게 말했지만, 거짓말이었다.

나는 프로스트와 이야기할 거다.

나는 숨죽인 아침 속으로 어슬렁어슬렁 걸어 나왔다. 사방이 온통 눈으로 덮여 있고, 태양은 아직 떠오르지 않았다. 프로스트는 보이지 않고, 비쩍 마른 요원이 대신 출입문에 보초를 서고 있었다.

"당신 앞에 있던 남자, 그 사람 어디 있는지 알아요?"

내가 물었다.

요원은 손짓으로 가리켰다. 나는 그쪽을 향해 나아갔다. 언덕으로 곧장 이어진 프로스트의 발자국을 따라서….

언덕 맞은편에 내려서 보니, 프로스트는 공터에 있었다. 내가 땅에서 파낸 조각을 살펴보고 있었다. 후드를 벗었기에, 살집 좋은 얼굴이 추위로 붉게 물들었다. 표백된 하얀 머리 뒤에서 새로 시커먼 머리카락이 나고 있었다. 나는 나무 뒤에 숨어 프로스트를 가만히 지켜봤다. 이윽고 앞으로 걸어 나갔다. 프로스트는 내 발자국 소리를 듣고 깜짝 놀라 몸을 급히 움직였다.

"아, 안녕."

프로스트는 나를 요원으로 생각했는지 이렇게 말했다. 프로스트는 폐품 주변을 쿡쿡 찔렀다.

"이게 다 어디에 쓰는 건지 잘 알지?"

"그럼요. 그건 내가 만들 나무에 필요한 거니까요."

내가 후드를 벗으며 말했다.

프로스트의 눈이 몸뚱이만큼이나 커졌다.

"정말 너야?"

나는 고개를 끄덕였다. 프로스트는 껄껄 웃었다.

"크로우가 네 빌어먹을 모가지를 댕강 냈는지 알았는데."

"크로우한테 물어봐요. 원한다면. 크로우도 이곳에 있으니까."

"크로우가 지금 여기 있다고? 그렇다면 우리 모두 해냈군, 안 그래? 너와 나. 경호원까지."

프로스트는 비열한 웃음을 지어 보였다.

"그리고 그 귀여운 어린아이도."

"도대체 어떻게 이곳을 찾아냈어요?"

"요원들도 거래를 하지."

"좌표가 제 역할을 하지 못한 것 같군요."

"상관없어. 계속 파기나 하라고. 네게 필요한 오물을 찾으라고. 그래서 나를 고용하라고."

프로스트는 팔을 넓게 벌려, 자주색 가는 나무줄기를 드러내 보였다.

"당신 아들이 죽었다는 걸 알아야 할걸요."

"우리 아들? 녀석을 집에 떼어 놓고 왔어. 단단히 간수해 두었다고."

프로스트의 웃음이 싹 가시더니 이를 앙다물었다.

"그냥 떼어 놓기만 하면 괜찮은 거예요? 살은 당신을 찾으러 왔어요. 하지만 죽었다고요."

내가 말했다.

프로스트는 하얀 눈을 바라보며 눈을 깜빡였다.

"어서 거짓말이라고 말해."

"거짓말 아니에요. 저들이 살을 죽였어요."

프로스트의 손이 부들부들 떨렸다. 프로스트는 장갑을 벗더니 손가락 관절과 팔등을 북북 긁어 댔다. 프로스트의 몸이 치료받은 지 얼마 되지 않은 것 같았다. 약속의 섬에는 크리스털이 없다.

"당신 부인도 죽었어요."

내가 말했다. 프로스트의 손이 떨리다가 멈추었다.

"내 아내?"

프로스트의 분노가 점점 커졌다. 그러더니 큰 소리로 웃음을 터뜨렸다.

"그 여자는 자기를 원한다는 것만으로도 죄책감이 들게 해. 게다가, 그 흔한 여자들의 단점도 없는 사람이야."

"글쎄요, 당신이랑 결혼했던 그 여자는 죽었어요."

자신의 슬픔을 쫓아 버리기라도 하는 것처럼, 프로스트는 허공에 대고 손을 마구 저었다. 문득, 프로스트가 크리스털을 필요로 했던 것처럼 히나가 필요했던 건지도 모른다는 생각이 들었다. 그래서 그렇게 고약하게 비뚤어졌을 수도.

"여자는 쌔고 쌨어. 비록 그 여자가 끔찍이도 사랑스러웠지만 말이야."

프로스트가 말했다.

갑자기 크로우가 옳았다는 생각이 들었다. 나는 이자와 거래할 수 없었다. 악으로 똘똘 뭉쳐 있어, 전부 다 망쳐 놓을 수 있다. 프로스트는 최선의 선택이 아니었다.

하지만 나는 프로스트가 필요했다. 그래서 프로스트가 계속 지껄이게 내버려 뒀다.

"창조자는, 이제 그 여자는 진짜 위협적인 여자야. 하지만 똑바로 보자고. 창조자는 오랫동안 선두에 있었어. 하지만 이제 지이는 뭔가 대단하지 않아? 그렇지 않다면, 왜 내가 그 자그마한 년을 옆에 계속 두었겠어?"

"이제 모든 게 밝혀졌어요, 안 그래요, 뚱보 아저씨?"

"남자는 계획이 있어야지, 나무 기술자."

"그렇다면 당신은 여기서 무슨 계획이 있는데요?"

"글쎄, 무엇보다 먼저."

프로스트는 나무들을 가리켰다.

"정말 사랑스러워. 너도 내 말에 동의하리라고 봐. 그리고 둘째, 한 그루를 몰래 가지고 나갈 작정이야. 본토로 말이야. 젠텍이 이미 가지고 있는 것을 팔 수는 없지. 하지만 넌 분명 기억할 거야. 네가 나한테 숲을 만들어 주기로 되어 있었다는 걸 말이야. 난 이 중 한 그루를 그 숲 한가운데에 심을 거야. 내가 못할 줄 알고."

"그게 다예요?"

"그게 다야. 사람들은 진짜 나무를 보기 위해 많은 돈을 지불할 거라고."

"메뚜기 떼는요, 프로스트. 메뚜기 떼에 대한 계획도 물론 갖고 있겠지요?"

"유리. 나는 유리 안에 넣어 둘 거야. 안전하게 지킬 거라고."

프로스트는 내가 바보라는 듯, 나를 바라보았다.

"당신은 바보예요. 뚱뚱한 비곗덩어리라고요. 내가 저들에게 당신을 고발할 수도 있어요. 지금 당장."

나는 프로스트에게 곧장 다가갔다.

"넌 안 그럴걸. 넌 내 뒤를 쫓아 이곳에 왔어. 나한테 뭔가 말하고 싶은 게 있는 것 같은데!"

"그것도 계획이라고! 그게 바로 당신 문제예요. 여기 나무 한 그루로는 아무것도 될 수 없어요."

"계속해 봐."

"당신에게 정말로 필요한 건 메뚜기 떼가 먹어 치울 수 없는 거예요. 당신이 정말로 원하는 건 젠텍을 특별하게 만드는 바로 그것이라고요."

"과수원에 있는 걸 말하는 게로군?"

"그게 바로 제가 말하려는 거예요."

"꿈도 야무지군, 반얀 군. 중무장한 요원들을 보지 못했나? 아니면 단 하나의 열쇠로만 열리는 문을 보지 못했어?"

"장담하는데, 전체 군대가 싸움을 시작하면 기뻐할 거예요. 그저 가서 사람들을 깨우면 된다고요, 알겠어요?"

프로스트는 언덕을 올려다봤다. 그러고는 입술을 깨물었다.

"무기가 필요해."

마침내 프로스트가 말했다.

"당신은 요원이잖아요, 안 그래요? 총을 좀 빼내 올 수 없어요?"

프로스트는 나와 나무를 번갈아 바라봤다.

"여기에 누가 끼는데?"

프로스트가 물었다.

"당신과 나. 그리고 크로우."

"지이는?"

"그래요. 지이도 우리와 함께 할 거예요."

"그렇다면 내 도움을 받을 수 있겠군. 하지만 지이는 내가 가질 거야. 이 일을 끝마치면 지이는 내 거야."

"좋아요."

내가 말했다. 순간, 무언가가 떠올랐다. 프로스트는 섬을 떠날 수 없다. 그게 나 스스로에게 했던 말이다. 프로스트는 이곳에서 절대 떠날 수 없다.

프로스트는 손가락이 없는 손을 내밀었다. 나는 악수를 했다. 악수를 하지 말았어야 했을지도.

그래도 나는 했다.

53장

해가 지고 한 시간 뒤면 모든 게 변할 것이다. 추측컨대, 그때가 되면 약이 포로들을 인간이 아닌 다른 무엇으로 변화시킬 것이다. 그때가 되면 우리는 군대를 잃는다. 알파를 잃을 것이다.

하지만 그런 일은 일어나지 않을 거다, 나는 스스로에게 말했다. 내가 그대로 내버려 두지 않을 테니까.

세 시경에 태양이 진다. 한 시간 동안 어두컴컴할 거다. 프로스트가 무기를 몰래 빼내서 벙커로 와, 시스템을 끄고 포로들을 깨운다. 내 임무는 관심을 딴 데로 돌리는 것이다. 또한 과수원의 출입구 열쇠를 구할 방법을 찾아야 한다. 첫 번째 임무는 꽤 쉬운 편이었다. 하지만 두 번째 임무는 만만치 않았다.

프로스트는 일종의 도박이라는 걸 나도 알았다. 어쨌든 프로스트는 위험인물이다. 하지만 프로스트를 이용하는 것 말고 내가 뭘 할 수 있단 말인가? 상황이 그랬다. 지이가 입을 다물고 있으리라는 보장이 없었다. 그리고 크로우는 걷지도 못했다.

나는 지이에게 크로우를 계속 지켜봐 달라고 부탁했다. 지이는 눈을 헤치고 걸어갔다 숲으로 되돌아왔다. 하지만 언제나 소식은 똑같았다.

아무런 소식도 없었다.

아침은 너무도 빨리 지나갔다. 나는 일을 하느라 몸이 흠뻑 젖었다. 공터 한가운데에 나무 한 그루를 지었다. 단 한 그루. 하지만 평상시 쓰던 연장이 없어서 그런지, 어쩌면 내가 그렇게 느끼는 것인지는 모르겠지만, 제대로 되는 게 하나도 없는 것 같았다.

피곤했다. 기진맥진했다. 하지만 녹슨 철을 6미터 깔때기로 구부리고, 그것을 땅에 파묻었다. 그러고 나서 파이프를 쪼개어, 그 금속으로 나뭇가지를 만들었다. 그 위에 휠 캡을 올렸다. 잎사귀가 있어야 할 자리에는 캔과 깨진 유리를 이용했다.

솔직히 말해, 어수선했다.

가장 중요한 부분은 케이블과 커다란 금속 드럼으로 만들었다. 먼저, 드럼이 새지 않도록 이어 맞춘 다음, 나무 꼭대기에 설치했다. 그러고 나서 드럼 밖으로 케이블을 꺼내, 숲 가장자리로 쭉 이었다. 시간이 상당히 걸렸다. 마지막으로, 나무 꼭대기를 모두 연결해서 하나의 거대한 전선 캐노피를 설치했다.

또 하나. 전선을 밖으로 꺼내기 전에 커다란 낡은 통 안에 푹 담가뒀다. 나무 꼭대기에 놓인 금속 드럼 안에 채워 둔 것과 똑같은 물질이 가득 들어찬 통 안에.

연료.

내 비밀 재료.

기억해야 한다. 나무를 만들 때, 세부 사항이 중요하다. 글쎄, 이것이 이 숲을 살아나게 만들 세부 사항이었다. 맞다. 그 어떤 LED보다도 밝게 빛날 것이다. 그러고 나서 불타 버릴 것이다.

완전히.

케이블 설치가 모두 끝나고 나니, 지이가 크로우의 상태를 확인하고 돌아왔다. 연료 때문에 차가운 공기에서 고약한 냄새가 났다. 지이는 나무를 바라보며 코를 찡그렸다.

"어떻게 생각해?"

내가 지이에게 물었다.

"난 더 멋진 것도 봤어. 거짓말하고 싶지 않아."

"너무 대단한 걸 바라서 그런 거야."

"대단하지도 못한 게 악취가 좀 풍기는군. 냄새보다는 좋아 보여. 잘했다고 쳐주지."

"발전기가 새서 그래."

내가 말했다.

"그래서 조명을 밝힐 수 없는 거야?"

"보면 알겠지. 크로우는 어때?"

나는 대화의 주제를 얼른 바꿔야 했다.

"두 시간 전하고 똑같아. 그리고 그보다 두 시간 전하고 똑같고. 하지만 크로우가 이리 와서 네 나무를 보고 싶대."

"아니. 크로우는 이곳에 올 수 없어. 그냥 지금 있는 그곳에 그대로 있도록 해야 해."

"왜?"

나는 지이에게 말하고 싶었다. 지이와 크로우가 안전하기를 바란다고. 하지만 지이에게 이유를 말해 줄 수는 없었다. 아직까지는….

"그냥 크로우가 그곳에 있게 좀 도와줘. 못 오게 해 줘."

"하지만 크로우는 네 나무를 보고 싶어 한다고."

"왜? 이건 그냥 폐품 조각에 지나지 않아. 그냥 그곳에 있으라고 말해 줘."

내가 목소리를 높였다. 나는 크로우에게 내 계획을 미리 말했어야 했다. 이제 나는 서둘렀다. 시간이 없었다.

태양이 하늘에서 내려오고 있었다. 나는 창조자에게 어둠이 내리기 시작하면 이곳에 오라고 말해 두었다. 내 작품을, 내 처량한 가짜 나무를 보여 주겠노라고 말했다.

지이는 고장 난 폐로 콜록콜록 기침을 했다. 지이는 나를 바라보고 서 있었다.

"잘 들어. 달려가서 크로우와 함께 있어. 내가 그냥 앉아 있으라고 말했다고 전해. 그럴 수 있지?"

내가 지이에게 말했다.

지이는 아무 말도 하지 않았다.

"나도 곧 따라갈게. 가만히 앉아서 나를 기다려."

내가 말했다.

"좋아."

지이는 이렇게 말하고는 뒤돌아 숲을 가로질러 달려갔다. 나는 그곳에 멍하니 서서 지이를 바라보았다. 지이가 저 너머 언덕 위로 꽤 높이 올라갈 때까지 기다리면서….

나는 요원들이 내게 준 연장통에서 네일 건을 훔쳐 두었다. 이제 커다란 코트 주머니 안 깊숙이 네일 건을 쑤셔 넣었다. 그러고는 눈 위에 앉아 태양이 지기를 기다렸다.

54장

태양이 언덕 뒤로 사라지자 창조자가 언덕 옆으로 나타났다. 시간을 정확히 맞췄다. 그리고 내가 말한 대로 혼자 왔다.

정말 찢어지게 추위가 몰려왔다. 그래서 나는 공터 주위를 오락가락, 팔을 접었다 폈다 하며, 다리를 움직였다. 순식간에 어두워졌다. 너무 어두워 앞이 보이지 않았다. 창조자가 눈에 보이기 전에, 창조자가 가까이 다가오는 소리가 먼저 들렸다.

"반얀. 어디 있어?"

창조자가 나뭇가지 사이를 헤치며 외쳤다. 창조자는 회중전등을 켜 공터 주위로 이리저리 흔들었다.

"여기예요. 여기."

내가 대답했다.

창조자는 회중전등 불빛으로 나를 찾았다. 이제 창조자가 후드를 벗었다. 얼굴에 내가 처음 보는 미소를 머금고 있었다.

"불 꺼요. 깜짝 놀랄 테니까."

내가 말했다.

"벌써 봤어. 네가 만든 게 얼마나 아름다운지 봤어."

이제 창조자는 나무 가까이 와 있었다. 손으로 유리병 잎사귀를 만지작거렸다.

"아직 완성된 건 아니에요."

내가 말했다. 나는 갑작스레 초조해졌다.

"뒤로 물러서요. 그래야 제대로 볼 수 있어요."

"아, 정말 사랑스러워, 반얀. 대단한 기술이야."

나는 프로스트가 총을 들고 어둠 속에서 기다리고 있을 거라 생각했다. 나는 알파와 그 모든 멍한 얼굴의 사람들에게 내가 필요하다는 걸 떠올렸다. 이제 시간이 얼마나 남았을까? 모든 것이 너무 늦기 전에 얼마나 더 남았을까?

"이리 와요. 이리, 내 옆으로 와요."

나는 한껏 들뜬 목소리를 내려고 노력했다.

창조자는 눈길을 헤치고 기분 좋게 터벅터벅 걸었다. 그러고 나서 내 옆에 가까이 와, 자신의 숲에 새롭게 첨가된 나무를 올려다봤다. 순간, 나는 네일 건을 꺼내 창조자의 가슴을 겨누었다.

"과수원에 들어가는 열쇠가 필요해요. 당신이 거기 갖고 있는 전자 태그. 그게 필요해요."

내 목소리는 손만큼이나 떨렸다.

하지만 창조자는 어둠 속에서 나를 바라보기만 했다. 얼굴이 갑작스레 대지처럼 나이 들고, 물 위에 부는 차가운 바람처럼 냉혹해졌다.

"열쇠 내놔요."

나는 한 번 더 재촉했다.

"어떻게 할 건데?"

창조자가 나지막이 말했다.

"아버지를 꺼낼 거예요. 어쨌든, 아버지한테 남은 부분을요. 나무를 본토로 가져갈 거예요. 자유롭게 해 줄 거예요."

"아니. 내 말은, 나를 어떻게 할 거냐고."

창조자가 말했다.

나는 손을 떨지 않으려고 했다.

"그냥 열쇠나 줘요."

"난 네 엄마야, 반얀."

"집어치워요. 난 당신을 모른다고요!"

나는 갑작스레 소리쳤다.

"그 사람이 나한테서 너를 훔쳐 가서 그런 거야. 그 사람이 너를 훔쳐 가더니, 결국 이런 대접을 받는 건가?"

"당신은 그럴 가치가 없어요, 빌어먹을 아줌마. 사람들 수백 명이 벙커 안에서 죽는 날을 기다리고 있어요. 당신을 증명하기 위해서요."

"뭐라고? 넌 내가 누구라고 생각하는 거니?"

창조자가 내게 고함쳤다.

"당신은 살인자예요. 그리고 도둑. 그러니 어서 열쇠나 내놔요."

나는 네일 건을 창조자를 향해 겨눴다.

하지만 난 할 수 없었다.

그냥 할 수 없었다.

모든 게 잘못 돌아가고 있었다. 이제 창조자는 눈물을 흘리고 있고, 그것 때문에 나는 스스로를 증오하기 시작했다. 나는 울음을 그치게 하고 싶었다. 그냥 보내 주고 싶었다. 아마, 용서해 주고 싶었던 것 같다. 그게 내가 원하는 바였다.

하지만 지금 그럴 시간이 없었다.

"어서요."

창조자가 통곡하는 동안 내가 말했다. 창조자는 눈밭에 주저앉았다. 나는 창조자를 잡으려 했다. 주머니를 뒤져, 내게 필요한 열쇠를 찾으려 했다. 그러면 나는 요원들의 주의를 끌 수 있고, 이곳에서 빠져나갈 수 있다.

문득, 내가 시간을 너무 많이 허비하고 있다는 생각이 들었다. 어서 이 쇼를 끝내야 했다. 그래서 나는 창조자를 그대로 두고, 나무를 목표로 삼았다. 연료가 가득 담긴 드럼을 향해 네일 건을 겨냥했다. 그러고는 방아쇠를 잡아당기려 했다.

하지만 뭔가 나를 막았다.

몸을 돌리기도 전에, 등 뒤에서 눈을 밟는 발자국 소리가 들렸다. 곤봉이 내 머리를 후려갈기는 걸 느꼈다. 그 악당들 중 하나다. 젠텍의 요원. 내 머리를 내리치자 온 세상이 하얗게 변했다.

나는 눈밭에 그대로 뻗어 피를 흘렸다. 눈을 깜박거렸다. 마침내 다시 볼 수 있었다. 나는 위를 쳐다봤다. 네일 건은 사라지고 없었다. 완전히 사라졌다.

그곳에 그녀가 있었다. 계속해서 나를 따라다니던 바로 그 얼굴. 지이. 손에 곤봉을 들고, 숨을 멈춘 채, 얼굴은 눈과 눈물로 뒤범벅이 된 채 나를 내려다보고 서 있었다.

지이는 뭔가를 말하고 있었지만 들리지 않았다. 내 머리가 박살이 났거나 내 귀가 멍멍해서 그런 건 아니었다. 그것은 저 멀리, 산등성이 너머에서 총소리가 들려왔기 때문이다. 프로스트가 곤경에 처했다는 것만 생각났다. 따라서 내 모든 계획은 이미 실패했다는 뜻이었다.

55장

　나는 눈밭에서 일어나 내 뒤통수에서 쏟아져 나오는 피에 손을 가져다 댔다. 현기증이 났다. 어머니는 아직도 눈 위에 앉아 눈물을 흘리고 있었다. 무엇 때문에 저렇게 아파하는 걸까? 지금까지 수천 번도 같은 짓을 해 오지 않았던가? 제대로 돌이키기 위해서 그릇된 것을 하는 건가?

　저 멀리서 총소리가 다시 들려왔다. 천둥소리가 자그맣게 들리는 것 같았다.

　"저 위에서 무슨 일이 벌어지고 있는 거야?"

　지이가 물었다.

　"나도 몰라."

　"아니, 넌 알아. 가만히 있으라고 네가 말했잖아. 분명 나를 없애려고 했던 거야."

　지이는 고개를 저었다.

　"난 너를 안전하게 지켜 주고 싶었어. 너를 데려가고 싶었다고."

"창조자는 어쩌고?"

"내 걱정은 마라."

어머니가 자리에서 일어나 옷에 묻은 눈을 털어 내며 말했다.

잠깐 정적이 흘렀다. 아주 잠깐. 지이와 어머니가 서로를 바라보는 몇 초간의 시간. 마치 나에 대한 자신들의 마음을 결정하려는 것 같았다. 나는 손가락을 눈 속 깊이 뻗어, 쓸 만한 게 있는지 더듬어 찾았다.

"네 아버지는 총에 맞을 수도 있었어. 요원들이 네 아버지를 붙잡아 이 나무에 묶고, 곤봉을 들어 올리며 환호했지."

어머니가 몸을 돌려 어둠 속에서 나를 내려다보며 말했다.

하지만 나는 듣고만 있었다. 문득, 내 손 끝에 뭔가 딱딱한 게 느껴졌다. 나무를 만들려고 땅을 헤치며 찾아놓았지만, 적당한 위치를 찾지 못해 아무렇게나 놔두었던 플라스틱 파이프. 나는 이제 그 파이프를 움켜쥐고 내 머리 위로 사납게 휘둘렀다. 나를 향하고 있던 두 사람은 주춤 뒤로 물러났다.

지이가 곤봉을 내리쳤다. 하지만 나는 곤봉을 막아 내고, 지이를 멀리 밀어 버렸다. 들고 있던 플라스틱 파이프를 휘둘렀다. 파이프가 눈 속으로 다시 처박혔다. 나는 땅을 파며 손을 마구 휘저었다. 마침내 손에 뭔가 잡혔다. 네일 건이었다. 네일 건을 꼭 쥐었다.

지이가 다시 나를 덮쳤지만, 내 손에는 네일 건이 들려 있었다.

나는 가짜 나무의 왕관을 향해 네일 건을 발사했다.

못이 금속에 부딪혔다. 불꽃이 일었다. 그리고 굉음. 그렇게, 드럼이 터지며 화염에 휩싸였다. 공터는 이내 화염으로 가득 찼다. 불은 케이블을 따라 순식간에 번져 갔다. 마치 용접이라도 하는 것처럼 밤하늘을 태우고 있었다.

모든 것이 타들어 가더니, 마침내 폭발했다. 나는 눈밭에 얼굴을 파묻고 세상이 날카로운 굉음과 함께 부서지는 소리를 귀담아들었다. 눈을 다시 뜨자, 캐노피는 저 위에서 사나운 거미줄이 되어 있고, 숲 전체가 불타고 있었다.

마지막 나무까지.

나는 나무들이 이렇게 훨훨 불타는 모습을 지금껏 본 적이 없었다. 마치 불타기 위해, 밤을 환하게 비추며 활활 계속 타오르려 이 땅에 나무가 심긴 것 같았다. 연기도 없었다. 어쨌든, 아직까지는. 그저 시뻘겋고 황금빛의 둥근 공이 솟구치고 소용돌이치며 우리에게 열기를 내뿜었다.

불길이 나무줄기를 타고 흘러내려, 우리는 이제 불에 둘러싸였다. 나는 두툼한 코트 안에서 땀을 흘렸다. 나는 비틀비틀 일어나, 지퍼를 내려 자주색 솜털 옷 밖으로 기어 나왔다. 바지 뒤에 네일 건을 쑤셔 넣고, 녹아내리는 눈을 뚫고 앞으로 나아갔다.

지이와 어머니는 공터 가장자리로 뛰어갔다. 하지만 그곳에서 오도 가도 못했다. 앞으로 나가는 것 말고는 갈 데가 없었으니까. 불길 속으로.

"이쪽으로!"

내가 소리쳤다. 하지만 둘은 지옥 같은 굉음 때문에 내 목소리를 듣지 못했다. 그래서 나는 두 사람의 손을 붙잡고 내 쪽으로 끌어당겼다. 화염의 혼돈 깊숙한 곳으로.

우리는 불타는 숲으로 뛰어들었다. 너무 밝아서 앞이 보이지 않았다. 나는 지이의 손을 놓쳤다. 지이의 등을 잡아 내 앞으로 밀었다. 우리 셋은 숲 언저리에서 기다리고 있는 차가운 어둠을 향해 일렬종대로 비틀거리며 나아갔다.

달리고 넘어지고 타다 남은 재 안에서 숨 쉬는 동안, 내 가슴은 요동치고 눈은 흐릿해졌다. 나는 허둥댔다. 내가 그것들을 죽였으니까. 모두를. 이 아름다운 나무 전부를. 단 하나를 제외하고. 나는 내 자신에게 상기시켰다. 언덕 저 너머 '과수원'에 갇혀 있는 단 하나만 남았다고.

지이의 코트에 불이 붙었다. 코트를 힘껏 잡아당겨 벗겨야 했다. 지이의 앙상한 몸에서 코트를 벗겨 내, 앞쪽에 내동댕이쳤다. 코트를 두드려 불꽃을 끄려 했다.

잠깐, 두 사람이 보이지 않았다. 나는 소리쳤다. 지이의 이름을 소리쳐 불렀다. 이윽고 나무 한 그루가 쓰러지며 나를 덮쳤다. 내 셔츠에 불이 붙었다.

나는 눈 속에 굴렀다. 수증기가 피어오르며 쏴 소리가 났다. 문득 지이가 보였다. 저기 공터에 있었다. 나는 눈을 감고 비틀거렸다. 앞으로 비틀거렸다. 그리고 마침내 탈출했다.

"도대체 무슨 짓을 한 거야?"

지이가 계속 비명을 질러 댔다. 내가 무릎으로 가까스로 기어가는 동안, 지이는 맨손으로 나를 마구 때렸다.

"그만해!"

내가 외쳤다. 다시 숨을 쉬려고 했다. 숲을 돌아봤다. 한가운데 있는 캐노피 금속 나무만 타지 않고 남아 있었다. 내가 서둘러 만든 나무.

"네가 다 태웠어, 반얀. 다 죽었다고. 모조리. 우리가 그동안 해 놓은 걸 전부 다."

"아니. 더 있어. 더 있다고."

내가 말했다. 나는 몸을 일으켜 지이의 손을 잡고 옆으로 이끌었다.

"과수원 안에 있어. 과수원으로 가야 해. 그러고 나서 여기서 빠져나가자. 우리 모두."

지이는 손을 풀고 주먹을 휘둘렀다. 하지만 나는 막았다. 지이가 뭔가 말하려 했지만, 기침이 터져 나왔다. 마침내 기침이 멎자, 지이는 그저 나를 물끄러미 바라보기만 했다. 입술은 떨리고 눈은 휘둥그렇게 되었다.

"놈들이 나무를 갖게 내버려 두면 안 돼, 지이. 놈들 맘대로 하도록 내버려 둬서는 안 된다고. 자기들 멋대로 하게 될 거야. 우리 전부한테도. 너는 놈들 편에 섰지만, 너는 아무것도 아니야. 놈들이 무엇이 자라고 무엇이 자라지 않는지 통제하는 한, 사람들은 결코 자유롭게 살 수 없어."

"그래도, 나무가 생길 거야. 푸른 하늘과 깨끗한 물. 사방에서 과일이 자라고. 내가 숨 쉴 수 있는 공기도⋯."

"젠텍만이 나무를 자라게 할 수 있다면, 온 세상에 나무가 자랄 수는 없어."

"젠텍이 없으면 우리가 어떻게 하는데? 넌 네가 무슨 짓을 하고 있는지 몰라. 망치와 못으로는 이 나무들을 자라게 할 수 없어."

"우리는 해볼 거야. 시도할 거야. 실험을 위해 사람들이 죽는 일은 더 이상 없을 거라고. 고통 받는 사람들도 더 이상 없을 거고."

지이는 땅에 주저앉아 손을 가슴에 올렸다. 지이의 목에 경련이 일었다.

"내 폐. 난 할 수 없어. 난 돌아갈 수 없어."

지이가 침울한 목소리로 말했다. 눈에 눈물이 고였다.

"내가 널 안전하게 지켜 줄게. 네 주위에 나무들이 자라게 해 줄게. 내가 약속할게."

내가 말했다.

"왜?"

"왜냐하면 넌 내 여동생이니까. 난 너를 혼자 남겨 두지 않을 거야. 네가 나랑 함께 간다면 말이야."

지이는 내 손목을 붙잡고 내 옆에 섰다. 나는 지이를 붙잡았다. 지이가 흐느끼며 부들부들 떨 때, 지이의 머리카락이 내 얼굴에 부드럽게 닿았다.

"하지만 난 그 열쇠가 필요해. 난 창조자가 필요해."

나는 화염 속을 뒤돌아보며 말했다.

"저쪽에 있어."

나는 지이가 가리키는 쪽을 휙 돌아봤다.

그곳에 어머니가 있었다. 언덕 중간쯤에.

56장

나는 언덕을 기어 올라갔다. 내 다리가 나를 실어 나를 수 있는
한 최대한 빨리. 나는 네일 건을 꺼내지 않았다. 그건 쓸모없었
다. 방아쇠를 당길 수 없었다. 창조자에게는. 지금은….

창조자는 재빨리 움직이고 있었다. 하지만 내가 좀 더 빨랐다.
내가 곧 따라잡을 수 있었다. 창조자가 뒤를 돌아보며 확인할 때
마다 몇 걸음씩 더 가까워졌다. 나는 창조자에게 돌진했다. 허리
에 팔을 두르고 쓰러트렸다. 창조자는 목에 걸린 전자 태그를 꺼
내 눈에 내던지려 했다.

우리는 함께 뒤엉키며 쓰러졌다. 창조자를 내 아래로 끌어당기
며, 나는 손목을 꽉 잡았다. 창조자는 있는 힘껏 열쇠를 던졌다.
그러고 나서 내 몸 위에서 굴렀다. 내가 눈 속에 손을 집어넣어
열쇠를 찾으려 하자 나를 때렸다.

나는 플라스틱 태그를 찾아 내 부츠 옆으로 쑤셔 넣었다. 창조
자가 나를 치며 비명을 질러 대도 나는 꿈쩍도 하지 않았다. 창

조자의 얼굴은 얼룩지고 여기저기 온통 긁힌 자국투성이였다.

"나를 따라와요. 이곳에서 나가게 해 줄게요. 맹세해요."

나는 비틀비틀 일어나며 말했다.

"뭐 하러? 다른 것들처럼 태워 버리려고?"

창조자는 새된 소리로 울부짖었다. 목소리는 비참했다.

"아니요. 세상을 다시 자라게 하려고요. 그게 당신이 원하는 거아닌가요? 하지만 젠텍을 위해서는 아니에요. 이런 식으로는 아니라고요."

나는 창조자에게 몸을 숙여, 부들부들 떨고 있는 주름진 손을 꽉 잡았다.

나는 건물이 있는 쪽을 턱으로 가리켰다.

"저 안에 있는 몸뚱이들은 사람이라고요. 저 사람들은 누군가의 누이이고 아버지예요. 누군가의 아들이라고요."

창조자는 나를 노려봤다. 창조자의 마음이 흔들리는 건지 어쩐지 알 수 없었다. 하지만 이미 너무 늦었다. 관심을 돌리기 위한 내 임무는 끝났다. 산마루 위에서 요원들이 허둥거리고 있었다. 바보 같은 후드를 벗어 버리고, 저 아래에서 불타오르는 불꽃을 장갑 낀 손으로 가리키고 있었다.

지이가 우리 옆으로 부리나케 달려왔다. 우리는 눈밭에 주저앉아, 저 위에 있는 요원들을 올려다봤다. 언덕 맞은편에서 총소리가 들렸다. 소름이 돋았다. 프로스트는 무엇을 하고 있는 걸까?

벙커 안에서는 무슨 일이 벌어진 걸까? 알파는 풀려났을까? 아니면 너무 늦은 걸까? 나는 언제나 한 발짝씩 늦는 것일까?

"이제 어떻게 할 건데?"

지이가 물었다.

"저 산마루 위로 올라갈 거야."

나는 네일 건을 꺼내 눈 위에서 균형을 잡고, 요원들을 겨냥했다.

"너도 같이 갈래?"

"너랑 같이 갈게. 하지만 네일 건으로는 안 돼. 내가 가서 이야기해 볼게."

"아니. 내가 이야기해 볼게."

창조자가 말했다.

나는 창조자를 바라봤다.

"네 아버지가 옳았어. 너는 네 아버지가 생각했던 것보다 훨씬 더 자유롭구나. 하지만 이곳에서 네 아버지를 꺼내 가고 싶으면, 내 도움이 필요할 거야."

창조자가 말했다.

"젠텍을 배신하겠다는 거예요?"

"젠텍은 상관없어. 오직 나무만 신경 쓰니까."

창조자는 언덕으로 올라갔다.

나는 벨트 안으로 총을 다시 쑤셔 넣었다. 우리는 산마루를 향해 비틀거리며 나아갔다. 그곳에서 창조자는 요원들에게 빨리 움직이라고 소리치며 명령했다.

"저 아래로 내려가. 아직 불타지 않은 것이 있으면 뭐든 구해. 나뭇가지든 잎사귀든 뭐든. 내겐 그게 필요해. 전부 다."

"하지만 누군가 침입했습니다."

요원 한 명이 말했다. 그 요원은 언덕 아래를 가리켰다. 그곳 벙커의 벽에 총알들이 튕기고 있었다. 요란한 소리로 밤을 열고 있었다. 강철 문 사이에서 소총 하나가 불을 뿜고 있었다. 딱 총 한 자루. 오직 프로스트뿐.

"저 아래 뭐가 있든 우리가 처리할 것이다. 우린 언제든 사람들을 더 많이 이끌 수 있어. 하지만 나무는 아니야."

창조자가 요원들에게 말했다.

요원들은 언덕 아래로 내려가기 시작했다. 우리는 맞은편 언덕 아래로 내려갔다. 나는 허둥지둥 움직이다 미끄러지고 말았다. 숨 쉴 틈이 없었다. 언덕을 내려와 지이에게 열쇠와 네일 건을 주고, 과수원에서 만나자고 말했다.

"우리가 '프로듀서'를 준비할게. 탱크를 이동시킬 준비를 할게."

창조자가 말했다.

"서둘러."

내가 둘에게 말했다. 그러고는 다시 뛰기 시작했다. 몸뚱이들로 가득 찬 벙커를 향해 곧장 달려갔다. 내 마음은 한 가지만 생각했다. 그것은 결코 바뀌지 않을 거다. 왜냐하면 그 어떤 것보다 나무가 중요하니까.

단 하나를 제외하고는.

나는 일렬로 늘어선 요원들을 뚫고 곧장 뛰어갔다. 손을 허우적거렸다. 내 재킷은 사라지고, 찢어진 옷에서는 연기가 피어올랐다.

"쏘지 마요."

나는 소리치며 벙커 문에 툭 튀어나온 소총을 향해 달려갔다. 그것이 프로스트라면, 나를 알아볼 거다. 그리고 그것은 프로스트여야 했다. 꼭 그래야만 했다.

"프로스트!"

내가 소리쳤다. 내 다리 근처, 얼어붙은 땅에 총알이 박혔다. 총알은 내 등 뒤에서 날아왔다. 요원들이 총을 쏘고 있었다.

나는 벙커 안으로 미끄러져 들어갔다. 다리가 먼저였다. 손은 여전히 허공에 있었고, 얼굴은 총신을 바라보고 있었다.

"도대체 어디 갔었어?"

프로스트가 내 뒷덜미를 낚아채고는 벙커 안으로 잡아당기며 말했다.

"어떻게 된 거예요?"

"아무 일도. 깨우지도 못하는데 이게 무슨 군대야?"

나는 일어섰다. 프로스트 뒤를 바라봤다. 몸뚱이들이 모두 여전히 팔다리를 쭉 늘어뜨린 채 잠을 자고 있었다.

"지금 몇 시예요?"

내가 물었다.

"네 시가 넘었어, 이 멍청아. 다섯 시가 다 되었다고. 왜 이리 오래 걸렸어?"

"스위치 끄지 않았어요?"

나는 천장에 매달려 있는 약통을 가리켰다.

"스위치를 껐냐고? 도대체 스위치는 어떻게 끄는 건데, 천재양반?"

"나도 몰라요. 그건 당신이 해야 할 일 아니에요?"

나는 몸뚱이 밭 안으로 곧장 달려갔다. 커다란 자주색 통, 그리고 통 안에서 삐져나온 케이블을 올려다봤다. 케이블은 사람의 팔마다 연결되어 있었다.

그러고는 케이블을 향해 소리치기 시작했다. 한 손에 케이블을 잔뜩 움켜쥐고, 그것을 뽑아내기 시작했다.

케이블이 느슨하게 풀렸다. 나는 케이블에 걸려 뒤뚱거렸다. 고깃덩어리 같은 얼굴이 바닥을 내려다보고 있었다. 나는 비틀거리며 일어나 다시 달리기 시작했다. 소켓에서 케이블을 뽑았다. 내가 아는 얼굴을 찾았다.

"반얀. 저들이 건물을 공격해 오고 있어. 내가 다 막아 낼 수는 없어. 못 막아."

프로스트가 소리쳤다.

나는 몸뚱이 사이로 달렸다. 몸뚱이들을 밀치면서 케이블을 느슨하게 풀었다.

"일어나요! 일어나라고요!"

나는 비명을 질러 댔다. 도움이 절실했다. 그 어느 때보다 더. 나 혼자 이것을 다 할 수 없다는 걸 잘 알았다.

나는 케이블을 뽑으며 계속 움직였다. 이제 몸뚱이의 밭 중간쯤 왔다. 아직 알파가 보이지 않았다. 누구 하나 깨어나지도 않았다.

문에서 요란한 총소리가 들렸다. 프로스트는 욕을 퍼부으며 고함질렀다. 그때 내 여자가 보였다. 난 온몸으로 울부짖었다. 난 너무 늦게 도착했다.

57장

"알파!"

알파의 몸에 붙은 케이블을 힘껏 잡아당기고, 축 늘어진 알파의 몸뚱이를 내 품에 감싸 안으며 내가 속삭였다.

"돌아와."

알파를 흔들며 애원했다. 나는 몸을 떨며 눈물을 흘렸다. 알파를 잃었다는 사실에 세상이 무너져 내린 것 같았다.

나는 너무 오래 기다렸다. 너무 많은 것을 하려 했다. 알파를 구하는 게 그 어떤 것보다 우선이어야 했다.

"돌아와. 제발 돌아와."

나는 계속 외쳤다. 알파의 눈꺼풀을 들어 올리고, 알파에게 입을 맞추었다. 하지만 달라지는 건 없었다. 맥박을 느껴 보았다. 약하고 느렸다. 그래도 아직 뛰고 있었다. 아직 거기 있었다.

알파의 피부는 창백하고 푸르스름했다. 알파의 배에 붙은 나무껍질이 느껴졌다. 놈들이 알파를 꿰매 놓았다. 나무껍질이 뛰고 있었다. 마치 생명으로 끓어오르는 것 같았다. 나는 그곳을 어루만졌다. 알파의 배에 내 주먹을 주물렀다. 마치 알파 몸속의 연료를 자유롭게 해 주려는 것처럼. 알파는 여전히 꼼짝도 하지 않았다. 나는 머리를 알파의 배에 대고, 알파를 안고 흐느꼈다.

밖에서 총소리가 점점 더 크게 들려왔다. 요원들의 목소리. 가깝다. 정말 가깝다. 하지만 그때 새로운 소리가 들렸다. 둔탁하고 단조로운 소리가 점점 크게 윙윙거렸다. 마침내 인간으로 바뀌어 말로 나왔다.

목소리. 주위에 퍼지는 혼돈 속에서 들려오는 불명료한 신음소리. 재잘거리는 소리와 고함치는 소리가 마구 뒤섞였다. 죽음에서 살아왔을 때 내는 소리….

사람들이 나와 함께 있었다. 사람들이 나와 함께 있었다.

수백 개의 목소리. 하지만 내가 정말로 듣고 싶은 것은 단 하나의 목소리였다.

"사랑해."

나는 알파를 꼭 껴안으며 말했다.

"나도 알아, 친구."

알파가 속삭였다. 마치 노랫소리처럼 들렸다. 어쩌면 알파가 부르던 옛 세계의 노래 중 하나. 아니면 그 자체로 새로운 노래.

잠에서 깨어나는 것은 분명 지옥과도 같은 것이었나 보다. 총소리와 사람들의 비명이 어우러지자, 뚱뚱한 남자와 삐쩍 마른 아이가 소총을 손에 쥐었다.

물론, 돌격을 이끈 것은 알파였다. 알파의 그 모습을 직접 봐야 하는데!

알파는 고함치며 총을 들어 올렸다. 그 순간 벙커 안이 쥐죽은 듯했다. 이 세상 모두를 부끄럽게 만들었다.

"우리가 저들보다 우세해. 저들을 물리쳐야 해. 그러고 나서 배로 가는 거야. 우리 뒤쪽, 산마루 너머에 호수가 있어."

내가 알파에게 말했다.

"너는 어쩔 건데?"

"이곳에 찾으러 온 것을 가지러 가야지. 거기서 만나자. 배에서."

"싫어."

알파가 말했다.

"그리로 갈게. 약속해. 너는 이 사람들을 자유롭게 해 줘야 해."

순간, 알파가 내게 입을 맞추었다. 아주 잠깐. 나는 알파를 꼭 안았다. 알파는 금속이고, 내가 번개가 된 느낌이었다. 그 순간만큼은 터질 것 같은 짜릿함.

"거기서 봐."

내가 말했다.

"좋아, 친구. 조심해."

나는 아무것도 들지 않은 누군가에서 총을 내주었다. 그러고는 문으로 향했다. 문에서는 벌거벗은 사람들 무리가 총을 마구 쏴 댔다. 요원들은 어둠 속으로 내빼느라 정신이 없었다.

최전선 뒤에 웅크린 채, 나는 과수원까지의 20미터 정도 거리를 유심히 살펴봤다. 그곳을 향해 뛰어갈 준비를 마쳤다.

하지만 그때 프로스트의 주먹이 내 팔에 날아들었다.

"어디 가려는 거야?"

프로스트가 말했다.

"나무를 찾으러."

"나 없이는 안 되지, 안 되고말고."

그래서 우리는 그곳에서 함께 기다렸다. 요원들이 뒤로 물러서는 것을 지켜보며, 총성이 멎기를 기다렸다. 이윽고, 우리는 낮은 자세로 어둠 속을 서둘러 달려갔다.

어둠을 뚫고 서둘러 달려가며, 우리는 벙커 벽에 기대어 몸을 구부렸다. 한 발 한 발 조심스럽게 내디뎠다. 마침내 거의 다 도착했다.

총알이 요란한 소리를 내며 눈 속에 처박혔다. 또 한 발. 좀 더 가까이에서….

프로스트가 이리저리 몸을 피하며 소총을 들어 올렸다. 요원들이 있는 방향을 재빨리 확인했다. 나는 둥근 지붕을 향해 곧장 뛰어가, 문에 부딪혔다. 문이 열릴 때까지 주먹을 두드렸다.

내가 앞장서고, 프로스트는 내 뒤에서 느릿느릿 움직였다. 우리 뒤로 문이 굳게 닫히고, 우리는 콘크리트 바닥 위에 함께 굴렀다.

머리 위의 조명은 꺼져 있고, 탱크의 황금빛 램프는 마치 '전기 태양'처럼 방 안을 비추고 있었다. 창조자는 두툼한 옷을 벗고, 컨트롤 패드로 탱크를 움직이느라 분주했다. 열쇠를 찔러 넣자 탱크 아래 바퀴들이 부르르 떨며 돌기 시작했다. 지이는 문가에 서 있었다. 꼼짝 않고, 프로스트를 바라보았다.

"안녕, 지이."

프로스트가 말했다. 늙은 악당의 얼굴에서는 야비한 웃음이 흘러나왔다. 프로스트는 일어섰다. 지이는 프로스트를 피해 멀리 떨어졌다.

"서둘러야 해요. 떠날 준비 됐어요?"

내가 말했다.

"거의."

창조자가 말했다. 창조자는 벽에 붙은 스위치를 켰다. 속이 빈 검은 상자가 천장에서 내려오기 시작했다. 마치 금속 망토처럼 탱크를 향해 드리웠다.

"반얀. 도대체 저자가 여기서 뭐 하는 거야?"

지이의 목소리가 떨렸다.

"내가 너를 집으로 데려갈 거야. 너하고 나무 모두."

프로스트가 말했다.

나는 다가가 탱크를 밀었다. 그러자 탱크가 위에서 내려오는 검은 금속 안으로 들어갔다. 그때, 내 뒤에 있는 프로스트의 모습이 유리에 비쳤다. 내가 뒤돌아서기도 전, 나는 무슨 일이 벌어지고 있는지 알았다.

프로스트가 내게 총을 겨누고 있었다.

"끝났어, 반얀 군. 이제 자네는 끝났다고!"

"아니."

내가 나지막이 말했다. 하지만 너무 늦었다.

나는 마지막으로 프로스트가 포동포동한 손가락으로 방아쇠를 당기는 모습을 보았다. 그 섬광에 잠시 앞이 보이지 않았다. 다시 무언가가 눈에 들어왔을 때는 허공에 온통 피가 튀었다.

총알이 명중했다.

하지만 내가 아니었다.

그 순간에 어머니가 내 앞으로 뛰어들었다. 그것은 어머니가 할 수 있는 마지막 행동이었다.

바닥에 털썩 주저앉아, 나는 어머니를 품에 안았다. 나는 여전히 숨을 쉬고 있었지만, 어머니에게서는 모든 생명이 빠져나가고 있었다.

"무슨 짓을 한 거예요?"

내가 속삭였다. 내 목소리가 마치 다른 사람의 것처럼 들렸다.

"그 사람을 안전하게 지켜 줘."

이것이 어머니의 마지막 말이었다. 어머니는 점점 힘을 잃고 목소리도 희미해졌다. 어머니는 죽어 가며 숨을 헐떡거렸다. 그러면서 내 뒤의 유리 탱크를 손으로 가리켰다. 빛을 잃어가는 어머니 눈에 황금빛 유리 탱크가 비쳤다. 뭔가 더 말을 하려 했지만, 나는 어머니 몸 안의 회로가 느슨해지고 있다는 걸 알 수 있었다. 어머니의 입에서는 경련이 일며 꾸르륵 소리가 났다. 나는 흐느꼈다. 너무 늦었다. 미안하다고 말하려 했다. 하지만 어머니는 가 버렸다. 가녀린 어깨는 이미 차가웠다. 피부는 탄력을 잃었다.

나는 구석에 몸을 웅크리고 있는 지이를 바라봤다. 프로스트가 소총을 다시 들어 올리는 게 보였다. 프로스트는 웃지 않았다.

"이제, 나무 기술자. 이제 네가 죽을 차례야."

프로스트가 다시 나에게 총을 겨누며 말했다.

하지만 프로스트가 방아쇠를 당기기도 전, 지이가 프로스트의 머리에 네일 건을 쏴 버렸다. 한 발 한 발. 프로스트가 비틀거리며 쓰러졌다. 지이는 자신의 목표물에 점점 더 가까이 다가갔다. 그렇게 갑작스레 끝났다. 프로스트는 죽었다. 온몸에 구멍이 뚫린 채.

하지만 아직 끝나지 않았다는 걸 난 알았다. 아직 완전히 끝난 건 아니다.

아직은 아니다.

58장

그 대단한 상자가 무슨 금속으로 만들어졌는지는 몰라도, 총알이 그 상자를 뚫고 탱크를 박살 낼지도 모른다는 생각에 나는 덜컥 겁이 났다. 그렇게 되면 아버지는 본토로 돌아갈 수가 없다. 그러니 사격을 멈추게 해야 했다. 탱크를 꺼내 언덕을 내려가야 한다. 오솔길을 따라, 저 아래 물에 떠 있는 배에 올라타야 한다.

하지만 총알이 빗발쳤다. 사방에서. 어느 쪽이든 별반 차이가 없었다.

나는 과수원 안에 앉아 있었다. 하지만 문은 열어 두었다. 탱크는 검은 금속 안에 숨겨 두었다. 바퀴는 내 뒤쪽으로 벽을 기대어 올라간 채. 어둠을 날리며 총을 쏘는 사람들에서 멀찌감치 떨어져 있었다.

지이는 어머니에게 재킷을 둘러 주었다. 자주색 젠텍 로고가 어둠 속에서 빛났다.

"사람들이 지금 궁지에 몰려 있어. 벙커 안에 갇힌 거야."

지이가 나와 함께 밖을 주시하며 말했다.

"그래. 이제 곧 요원들보다 먼저 총알이 떨어질 거야."

"무슨 수를 써야 해."

"생각 중이야."

"크로우를 데려와야 해."

"아니, 그럴 필요 없어."

내가 말했다.

크로우는 이미 그곳에 있었으니까.

크로우는 한쪽 발은 쩔뚝거리고, 다른 발은 질질 끌었다. 크로우는 다른 건물에서 튀어나왔다. 양손에 총을 들고, 고개를 똑바로 치켜든 채 벙커를 향해 곧장 다가갔다.

크로우는 3미터나 우뚝 솟아 있었다. 총 두 자루로 적의 총에 대항했다. 요원들은 혼비백산했다. 덕분에 포로들은 전진할 기회를 얻었다.

순간, 벙커의 문이 활짝 열리고 벌거벗은 수백 명의 사람들이 어둠 속으로 몰려나왔다. 그동안 잠들어 있던 사람들이 앞으로 돌격했다. 두려움을 모르는 뼈와 피부의 물결이 한꺼번에 밀려왔다.

요원들은 어느 쪽으로 총을 쏠지 몰라 허둥거렸다. 나무다리의 거대한 나무 인간, 아니면 팔에 온통 구멍투성이인 머리를 박박 민 몸뚱이. 그리고 이내, 요원들은 솜털 옷을 입은 채 저기 언덕

쪽으로 밀려났다. 우리가 이겼다.

지금은.

나는 지이를 향했다.

"이번이 기회야. 놈들이 지원군을 데려오기 전에 배로 가야 해. 저기 불타는 숲에는 아직도 요원들이 많이 있어."

"저 사람들은 다 어쩌고?"

지이는 반란군을 가리켰다.

"걱정 마. 저 사람들도 우리와 함께 갈 거니까."

나는 죽은 프로스트의 손에서 소총을 떼어 내, 싸움터로 뛰어들었다.

나는 알파를 불렀다. 크로우를 소리쳐 불렀다. 하지만 보이는 건 어둠 속의 몸뚱이와 총알뿐이었다.

"후퇴해요. 배로 가요. 배로!"

내가 소리쳤다.

포로들 일부는 내 목소리를 들었다. 나는 호수로 이어진 오솔길을 가리켰다.

"배에 타요. 어서 달려요."

내가 포로들에게 말했다.

"이렇게 빨리 가려고, 애송이?"

나는 몸을 돌려 크로우를 올려다봤다. 크로우의 빌어먹을 다리는 내 키만큼 컸다.

"기분 어때요?"

내가 물었다.

"아, 좋아졌어. 하지만 더럽게 기분 나쁜걸! 지이는 어디 있지?"

"지이는 저 위에 있어요. 둥근 지붕 안에."

총알이 우리 주변의 얼음에 구멍을 냈다. 우리는 화물 상자 뒤로 몸을 피했다.

"프로스트는?"

크로우가 물었다.

"죽었어요. 지이가 놈을 죽였어요."

"지이가 죽였다고? 지이한텐 잘된 일이군."

"빨리 가야 해요. 호수로요. 요원들이 잔뜩 몰려올 거예요."

"그렇다면 저기 대장 아가씨한테 말하는 게 좋겠군. 사람들이 움직이기를 원한다면 말이야."

크로우가 손으로 가리켰다. 나는 알파를 바로 찾았다. 나무를 심고 정착하는 게 알파가 원하는 일인지 나는 문득 궁금했다. 알파는 분명 피와 분노로 들끓는 이곳을 벗어나서 원하는 대로 할 수 있을 테니까.

알파는 젠텍 망토 하나를 떼어 내, 그 자주색 솜털 옷을 자기 몸에 둘렀다. 팔에 피가 났다. 다리에도 큰 상처가 있었다. 알파는 하얀 눈 속에 무릎을 꿇고, 눈으로는 언덕을 훑어보며 다시 장전을 했다.

"후퇴해야 해, 알파. 후퇴해야 한다고, 지금 당장."

나는 총소리 사이로 알파에게 소리쳤다.

알파는 일어서서 외쳤다. 나는 내 뒤, 언덕의 경사면을 가리켰다. 거기서는 바이오 통이 굉음을 내며 증기를 뿜어내고 있었다. 우리는 그쪽을 향해 달렸다. 우리 모두, 최대한 빨리 움직였다.

과수원에서, 나는 크로우에게 계속 움직이라고 말했다. 크로우는 무척 느리고 굼떴다. 그래도 자신의 새로 생긴 다리 위에서 미끄러지듯 나아갔다.

"바로 뒤따라갈게요. 배에서 봐요."

내가 말했다.

"그래. 빨리 와."

크로우가 말했다. 나는 크로우가 다른 사람들과 함께 언덕을 올라가는 모습을 지켜봤다. 그러고 나서 알파와 함께 둥근 지붕 안으로 숨어들었다.

"누구야?"

지이가 알파를 노려보며 물었다.

"난 이 아이 여자 친구야. 그러는 넌 누군데?"

알파가 컨트롤 패드를 부여잡았다.

"여기는, 내 여동생이야."

내가 말했다. 나는 알파가 나를 도와 금속 상자에 붙은 패널을 비틀어 열도록 했다. 그러고 나서 탱크 안을 가리켰다. 거기, 아버지의 초록색 잔해에서 묘목들이 피어나고 있었다.

"여기는, 우리 아버지야."

"희한한 가족이군, 안 그래, 친구?"

알파가 이렇게 말하며, 패널을 닫았다. 알파의 말이 맞는 것 같았다. 어쨌거나 얻을 수 있는 걸 가져야 한다.

얻을 수 있는 걸 가져가야 한다.

59장

　우리는 검은 금속으로 덮어 단단히 묶은 탱크를 끌고 서둘러 과수원을 빠져나갔다. 알파는 탱크 위에 앉아 손으로 제어장치를 움직였다. 바퀴가 눈 속에서 움직였다.

　"서둘러."

　알파가 소리쳤다. 알파는 탱크 위에 지이를 끌어당겼다. 하지만 나는 잠시 주저했다. 이윽고 먼저 가라고 일렀다.

　나는 과수원으로 다시 뛰어갔다. 어머니가 아직 그곳에 누워 있었다. 나는 어머니 얼굴에서 코트를 잡아당겼다. 잠깐 동안, 아무 생각 없이 어머니 얼굴을 바라봤다.

　나는 어머니의 죽음을 두 번이나 본 듯했다. 히나가 옥수수 밭에서 메뚜기 떼를 멈춰 세웠던 것처럼, 어머니는 기꺼이 총알을 맞았다. 둘 다 스스로를 포기했다. 자신들의 죽음을 기꺼이 받아들였다. 나를 위해.

　나는 어머니의 시체를 가져갈까 생각했지만, 그러지 않기로 했다. 어머니가 누워 있어야 할 곳이 이곳이었으니까. 어머니가 선택한 바로 이 섬에. 이 강철 무덤 안에. 하지만 묻어 줘야 했다. 그리고 무슨 말이라도 해야 했다. 얼굴 위로 코트를 다시 올렸지만, 나는 무슨 말을 해야 할지 몰랐다. 마음속에 떠오른 것이라고는 내가 아버지와 함께 부르곤 하던 노래뿐이었다. 우리의 낡은 자동차 안에 영원히 들러붙어 있을 노래. 시든 꽃과 죽은 소녀의 무덤 위에 장미를 남겨 둔 소년에 대한 노래.

하지만 노래 부를 기분이 아니었다. 그래서 그냥 일어나서 과수원을 뛰쳐나왔다. 날아오는 총알을 피해 가며 언덕을 달려 내려갔다.

탱크는 내 앞에서 굴러가고 있었다. 이제 지이가 탱크를 운전하고 있었다. 지이의 손은 컨트롤 패널에 올려 있고, 알파는 똑바로 선 채 총을 쏘며 내 뒤의 오솔길을 쓸어 버리고 있었다. 나는 둘을 따라잡아 탱크 위로 뛰어올랐다. 초록색 묘목들이 검은 금속 아래 황금빛 물속에서 헤엄치고 있었다.

알파는 내가 탱크에 올라서도록 도와줬다. 우리는 꼭 껴안았다. 이윽고 우리는 언덕 꼭대기에 이르렀고, 맞은편으로 내려가려 했다. 우리는 기다렸다. 그 커다란 낡은 바이오 통이 시야에서 거의 사라질 때까지. 그리고 나서 알파는 바이오 통을 깨끗하게 날려 버렸다.

폭발이 솟구치면서 하얀 빛이 뜨거워졌다. 요원들은 산마루 맞은편으로 도망쳤다. 그리고 크로우가 아래쪽, 배 갑판에 있었다. 손을 흔들며 우리 이름을 부르고 있었다. 모든 것이 형형색색으로 환해지고, 하늘을 뒤덮은 화염이 호수에 비쳤다.

"이 나무는 무슨 나무야?"

세 번째 굉음이 울려 퍼지며 불길이 너울거리고 나자 알파가 큰 소리로 물었다.

"사과나무. 완전 새로운 종이야."

지이가 대답했다.

"음. 이제 어디로 가지, 친구?"

알파가 한 손으로는 총을 움켜잡고, 나머지 한 손을 내게 두르며 물었다.

"상관없잖아. 우리가 함께 갈 수 있다면 어디든."

탱크가 해변에서 튀어 오를 때 내가 대답했다.

그렇게 우리는 약속의 섬을 떠났다. 총소리는 점점 멀어져 갔다. 요원들은 연기가 피어오르는 산마루에서 우리 배가 해안을 빠져나가는 모습을 지켜볼 뿐이었다.

알파는 우리에게 별이 필요하다고 말했다. 하늘에는 별이 넘쳐 났다. 해 뜨기 전까지, 머리 위 차가운 하얀빛 지도가 우리를 남쪽으로 이끌었다. 우리 아래 시커먼 물이 우리를 집으로 데려다주고 있었다.

집?

그게 집이었나? 그 거대하고 지저분한 먼지덩이가?

나는 그랬다고 생각했다. 아니, 그럴 수 있다고 생각했다.

우리는 화물 짐칸에서 생존자들에게 옷을 입히고 음식을 먹였다. 아버지가 담긴 탱크는 선체 깊숙한 곳에 넣어 두었다. 그러고 나서 지도와 기계장치가 있는 조종실에 다른 사람들을 남겨두었다. 크로우는 GPS에서 우리의 위치를 찾으려 했다.

나는 갑판 위에 혼자 앉아 남쪽을 물끄러미 바라봤다. 차가운 바람이 내 피부를 찌르고 내 몸을 아리게 했다. 나는 아버지 생각을 했다.

우리는 나무 꼭대기에 그 집을 짓지 못했다. 나는 평생 동안 매일같이 아버지를 그리워했다. 우리는 함께 숲을 하나 더 만들 수 있을까? 내가 저 묘목들을 심고, 그것이 자라는 것을 지켜볼 수 있을까?

나무가 다시 자라는 세상을 감히 생각해 봤다. 나무가 자란다면, 그렇다면 다른 것들도 저기 어딘가에 있을지 몰랐다. 이 세상 사람들이 믿을 만한 가치가 있는 야생의 것들. 결국, 그것이 바로 사람들이 나무를 만들기 시작한 이유다. 뭔가 믿을 만한 것을 갖기 위해. 하나를 갖고, 그 하나를 다른 것으로 만들 수 있음을 증명해 보이기 위해.

나는 나무들이 땅속에 뿌리를 내리고, 제대로 숨 쉴 수 있는 공기를 만들어 주는 세상에서 무엇을 할까? 나는 차가운 강철 위에 몸을 뻗었다. 머리가 무겁고 아팠다. 온몸이 쑤셨다. 그리고 나는 깨달았다. 우리 앞의 모든 것이 여전히 잘못되어 갈 수 있다는 것을. 강을 건너 누가 우리를 찾으러 올지, 배가 부두에 닿을 때 누가 기다리고 있을지 궁금했다. 이윽고, 나는 용암과 증기의 한복판에 어떤 지옥이 숨어 있는지 떠올려 보았다. 단층의 황무지.

하지만 반드시 거쳐 가야 할 길이다. 젠텍이 길을 발견했다. 이제 긍정적으로 생각해야 한다. 아버지는 언제나 그렇게 말했다.

그래서 나는 앞날에 대한 두려움을 접고 하늘의 별자리를 올려다보며, 내가 언제나 가까이 간직할 것이라고 생각했던 얼굴을 떠올렸다. 내 곁을 떠나간 사람들, 아직까지 숨 쉬고 있는 사람들….

그리고 나는 올드 올리언스의 조각상을 생각했다. 아버지가 만든 여인. 그리고 내가 수천 개의 빛나는 조각으로 완성했던 얼굴. 몇 번을 바라보든, 그것은 세상을 비춰 주었다.